単行本『疒の歌』の装画として使用された
村山槐多「のらくら者」　横須賀美術館蔵

新潮文庫

疒の歌

西村賢太著

新潮社版

11645

疒《やまいだれ》の歌

一

通りの右手向こうに、京急の黄金町駅の昇降口が見えてきた。

と、北町貫多の心中には、そこで初めて軽ろき焦りみたようなものが生じてくる。

これより先に行ってしまっては最早横浜も南区に入り、はな貫多が思い描いていた地域とは、その地域が些か異なってくるのだ。

と云って左に折れて、大通りを阪東橋から関内へと戻るかたちを取ったところで、よしそこに不動産屋があったとしても、その対象はやはり南区内の物件が主になってしまうであろう。

このときの貫多は十九歳になって四箇月ばかりが経っていたが、三年前の春に一人暮しを始めて以来、すでに七度の転室を繰り返していただけに、こと空き部屋探しのその辺についてはヘンに嗅覚が利くようにもなっていた。

そして関内の更なる先の山下町方面を目指しては、とてもではないが彼の条件の最たるところの、賃料一万円台の部屋なぞありようはずもない。

それだから彼は仕方なく、どん詰まりまで歩いてきた伊勢佐木町の目抜き通りを引き返すことにし、魔窟の名残りを微かにとどめる曙町や、川に面した方の、昼間から何かに酔った者がフラついている薄汚ない路地の方をも、一本一本丁寧に探してみたのだが、そこにはいずれも不動産屋らしきものは影もかたちも見当たらなかった。ドヤ街として有名な、寿町とは些か離れたその一画にもベッドハウスのようなところは何軒かあったが、無論、そうした類の宿には初手からして用がないので、彼は該建物の前は息を止めて足ばやに通り過ぎる。

で、その貫多は、そんなにしてやがて日ノ出町の駅前までやってくると、長者橋の袂のところでようように足を止めた。

そしてジーンズのポケットからハイライトの袋を取りだし、一本をくわえて火をつけると、川面に向かって橋の欄干に軽く身を凭せ、何か途方に暮れる格好となった。

そろそろ十一月も中旬になろうと云うのに、日中の気温はムヤミと高い日が続いていた。橋の上にあっても、川風なぞ云う雅趣なものはそよとも吹きはしない。イヤなドブの匂いが漂っているだけである。

だがその異臭は、貫多にとっては或る種の郷愁をそそるものでもあった。

バタ屋や、何を摂取してヨタついているのか知れぬ連中が発する悪臭は受けつけないが、江戸川区のやたら川の多い地域に生まれ育った彼に、この手の匂いは無論に異臭であるにせよ、それは絶えず身近にあった、いわば懐かしき匂いだった。

荒川、中川、新中川、江戸川の四本の大きな流れのそれではなく、町中を流れていた古川の、夏場は目にも沁み込む悪臭と、当時蓋もかぶせぬままに、そちこちで臭気を放っていた側溝のものとよく似た――イヤ、それとほぼ同じ匂いである。

午後の日射しはさすがに晩秋のやわらかさを含んでいたが、時折頬には汗の筋が伝っていた。

その都度、チェックのネルシャツの肩口でこれを拭っていた貫多は、ふと自分は今ここで何をやっているのか、妙に虚しいような気分に襲われた。

何ゆえこの地の、この界隈で部屋を探さなければならないのか。

全体、いくら多少の馴染みがあるとはいえ、それはこの周辺の、ごく一部のことに限られている。それに仕事の面にしたって、たださえ中卒であり、運転免許も未取得と云う、はな彼の側にしてからが、雇用されるだけの条件を十全に備えていない身でありながら、果たしてこの不案内と云えば確かに不案内な地でもって、働き口なぞを得られるのだろうか。

無論、もし得られなかったら、そのときには、またぞろ芝浦や豊海辺の港湾人足に出張ればいいだけの話には違いない。先般、クビを云い渡されたところ以外にも、荷役会社はまだいくらもあるのだ。

しかしその場合、ヘタに横浜なぞに住み、そこから豊海辺りに通うとなると、自己負担の往復交通費は確実に高くなる。たかが一往復六、七百円程度の増額とはいえ、それが毎日、毎度のことともなれば、所詮五千五百円前後の日当の中では、これはかなりの痛事《いたごと》たる出費である。

それならば今回の引越しは、やはり従来通りに都内で行なった方が、住む地域から何から選択肢も多いし、自身に見合った極狭小の安部屋も、昭和六十一年の現今にまだまだ散在している故、はるかに部屋探しも容易であるとのごく当たり前のことを、この数時間ウロウロ歩き廻って段々に再認識してきた矢先でもあっただけに、根がペシミストで諦観癖《へき》の強くできてる彼は、何やら早くも初めに掲げた自身の目標に、自ら疑問を抱き始めてしまうのだった。

しかし——貫多はやはりこの際には、どうでも該桜木町界隈で新しい生活を始めてみたかった。

彼が横浜に居を転じようと思い立ったのは、偏《ひとえ》にこれまでに一切抗うこともなく、さんざ身を任せ続けていた、自身の負の流れを変えてみたかった為である。

一つには、年が明ければ成人すると云う、その節目が刻々と近付きつつある焦燥感に突き動かされての面もあった。

――思えば貫多は、中学を出てから、これでいつか三年半もの時間を無為に過ごしてしまったわけである。

この間《かん》の彼の生活は、とてもではないが社会人なぞとは呼べぬ、極めて不様で自堕落な、その日暮しの繰り返しだった。また、とてもではないが青春の只中を過している者とも思えぬ、陰鬱で冴えない毎日の明け暮れでもあった。

学校を卒えたと同時に家も飛びだした彼が、はな一人暮しを始めた先は鶯谷の三畳間であった。日暮里寄りのラブホテル街の中に、ひっそりと埋没するような格好で建っていた、築三十年、月額八千円の安アパートである。

彼は家を出るに当たり、それまで家庭内暴力でさんざ傷めつけてきていた母の克子から、〝縁切り料〟として十万円の金を毟《た》り取っていた。これを初期費用に充てた上で、母と三歳違いの姉と四年間の日々を経てた町田市内のコーポを、一人昂然とあとにしてきたのである。

彼の父親は、それより数年前にひどく卑劣な性犯罪を起こして逮捕され、初犯ながら七年の実刑を科せられていた。

この父は二代目となる家業の零細運送店を営んでいたが、恐ろしく見栄っ張りな性格であり、自己顕示欲の大層強い男でもあった。日曜日の昼に自身の好むカントリー&ウェスタンのレコードを聴くときなぞ、窓を全開にした上でステレオの音量を異常なまでに高めて、近隣にもこれを知らしめようとするイヤらしさを発揮する男だった。

また、いわゆる外車マニアで、独身の頃からムスタングやらジャガーやらを二、三年毎の間隔で次々と買い換えては、当時の、周囲に富裕層の少ない江戸川の外れの、その町内においては陰で妬みまじりの失笑も買っていたようである。

で、かの逮捕時に乗っていたのは、その頃珍しい色合いのグリーンメタリックのシボレー・カマロだったのだが、これを最後の女性を襲った際の犯行の足にも使い、翌日の新聞には顔写真入りで報道され、すぐとテレビの「ウィークエンダー」で車のことも交じえて面白おかしく再現VTRが作られたのだから、その期に及んでもこの父親は、存分に最悪の自己顕示を果たす格好となったのである。

おかげで貫多と姉の舞は、即日学校に行くことを克子に止められ、終日、雨戸を立てた屋内から外に出ることを禁じられた。そして運送店兼住居の敷地内にまで入ってきた、遠近の馬鹿な野次馬には雨戸を目がけての罵声と石つぶてを投げつけられたが

（一番の被害者は、被害に遭われたかたがたではあるが）、親にでも言い含められたものか、それまでの貫多の学校内の友人は、誰一人として様子を見に来てはくれなかった。

病的なヒステリー持ちで、人一倍癇症の強い克子は、こうなるともう、その取るべき行動の実行はまことに早く、元来が勝ち気な性質ではあったが半日たりとも寝込むこともなく、弁護士を立てて有無も云わせぬ段取りでもって父との離婚を成立させ、賠償金その他で消失するであろう分を差し引いての残った僅かな金をかき集めた上で、母子三人が向後人知れず生活する先を一人で早朝から探しに出て行っていたようである。

その甲斐あって、父の逮捕から二週間ののちには、船橋の原木中山駅に程近い、二間のアパートの一室に逃げ込むことができたのは、貫多にとっても本当に救われた思いがした。

その際は家具の類は何一つ持たず、各自が身の廻りのものだけを抱えての、文字通りの夜逃げの格好であった。

何もない狭小なアパート暮しは、そうは云っても当時まだ子供だった貫多には、実に新鮮に感じられるものであり、そして随分と住み心地の方もよかった。後架がそれまでの、便壷の縁《へり》を二六時中蛆虫が蠢めき、這い廻っている不衛生な汲み取り式のそれではなく、水洗の洋式タイプであるのも何んともうれしかったし、だだっ広いばかりで、一人で留守番をしているときには二階に不穏な物音のするときがある例の生家(は、事実屋内である二階に、十畳程のスペースを持つ鳩小屋がしつらえられていたが)と違い、床や壁を隔てた上下左右に他の家庭がつましく存在する事態が何か不思議でもあり、またそれがえらく賑々しいとの感覚にもとらわれたものである。

で、当然この時点での貫多は、後年に至って自身がその住み心地がいいと云うアパートの、更に狭小なるところを一人で転々としたり、家賃滞納の常習犯となって、曩時《のうじ》の再現よろしくの、すでにそのコツは体得していると云わんばかりの夜逃げを番度《ばんたび》繰り返したり、はたまた紛れもなく一種の犯罪行為である室料の踏み倒しも重ねたり(もっと云えば、これはそのまた後年のことだが、暴行での逮捕を都合二度受け、父親と二代にわたってのレッキとした犯罪加害者にもなったり)するなぞ夢想だにせず、己れの将来についても、それはごく当たり前に高校、大学と進んで人並みの人生レール上を歩んでゆくものとばかり思い、この新天地の環境も全く苦にはならなかったのである。

元来が引っ込み思案でおとなしく、何事につけ消極的な質でもあった貫多は、その父親や活発だった姉とは違い、とにかく自分が目立つような行為は一切苦手だった。人と同じことをして、その中に存在も分からぬ程紛れ込んでいることが、自身の一番心安まる場所であるのを幼少期から自認し続けてもいたのである。

だから転校すると同時に、これまでの風変わりで珍妙な父方の苗字から、母方の北町なぞ云う、ごく普通の姓に変われたのは何んとも有難かったし、派手な外車のせいで、たまさかに受けていた〝金持ちの坊ちゃん〟的な揶揄も金輪際なくなってくれた、この船橋での新生活は彼にはまこと望ましき日々の到来であったと云うのである。

が、その貫多が当然の如く乗るものと思い、また一瞬は乗りかけてもいたはずの人生列車のレールは、先にも云った通り、その後、自分でも何んら自覚がないうちに、徐々に漠然と目指していた方向から逸脱するようになってしまった。

イヤ、こんなのはどこまでも自身の意志の問題であり、逸れたなら逸れたで、中途での軌道修正はいくらでも可能だったはずだが、根がどうしようもなく魯鈍にできてる貫多の場合、現在の自分がまるで見当違いの方角へ突き進みつつある状況を察知したのが、ようやくの、二十歳を来年に控えたこの今日《こんにち》であったと云う、甚だしまらぬ態《てい》たらくだったのである。

思えば、そのレールの歪曲は、船橋に移って僅か半年後に、克子の意向で更に都下の町田へと移った頃から始まっていたのかもしれぬ。

貫多は小学六年に上がった新学期からを、その地の学校に通うこととなったが、実のところこの辺ですでに、全教科の授業にはついてゆけなくなっていた。

友人もできず、家に帰るとその頃ブームだった横溝正史の文庫本をひたすら読み耽っていた。この横溝熱は、江戸川区にいた前年からすでに始まっていたもので、書店でその恐怖性をやたら強調したカバー絵を目にして、一種の怖いもの見たさから一冊を読んでみたところ、余りの面白さにすっかり魅了されてしまっていたのである。

克子から貰う毎月の小遣いは、殆ど横溝文庫の購入代で消えていた。また町田に移った直後には、『野性時代』誌にて連載が始まっていた新作の「悪霊島」読みたさの為に、貫多は約一年後の完結まで、この雑誌を小遣いの大半をはたいて毎月購《もと》めざるを得なかった。

小説雑誌を続けて購入した、後にも先にもただ一度きりのケースであったが、それでいて国語の教科書に載っている文章は一向に理解が叶わず、文法も漢字の書き取りも、まるで頭に入ってこないのである。

その横溝正史は貫多が中学二年だった冬休みの期間に逝去したが、テレビのニュースでそれを知った彼は数日間塞ぎ込み、克子にイヤな笑いかたをされ、こちらの感傷を小馬鹿にしたような冷やかしの言葉もかけられた。

この時期まではまだ彼の家庭内暴力も始まっておらず、そうした嘲りも浴びせられるがまま、無言をもって対処するより他はなかったのである。

そして中学三年時になると、貫多はいろいろな意味で、半ばヤケになっていた。

どうもこの辺りから本格的に、彼は生来抱え込んでいたところの悪癖たる、駄々っ子根性からの短気と情けない開き直りを、随所で発揮しだした観があった。

相も変わらず授業には全くついてゆけず、親しい友人も作らぬ貫多は、最早学校に行くこと自体がどうにも煩わしくなっていた。

またそうなると、彼はヘンに孤立した自身の体面を保つ為にも、他に対しては常に威圧的な態度で接し、意識的なポーズでもって、クラスの中でのローンウルフ的な立ち位置を獲得すべくつとめた。

この三年時からは地域に新設された中学校の方に編入となっていたので、それまで別の学区域にいた不良グループが、目立つ生徒を順々に先制のリンチにかけると云う鬱陶しい儀式があった。偶々、小学時に仲の良かった者がそのグループの中心メンバーにおさまっていたので、貫多はいったんはこの情宜により難を逃れることができていたが、恰度校内暴力の盛んな時期の、その頻発地区の学校でもあっただけに、いつ何んらかの刺激で風向きが変わって、また矛先が自分にも向けられるか知れたものではない。

本当はひどい臆病者のくせして、校内ではそれを同級生に覚られまいと一人超然たる態度を装い、絶えず仏頂面で通している自分が、もし女子なぞも見ている前で、その者たちによって不様なリンチを加えられると云う大恥をかかせられたら大変だ。

彼は、アルファベットも完全には覚えきらぬ馬鹿のくせして、同級生、ことに女子の前では、これ以上自分の体面が損われるような恥辱はこのまま回避し続けたい思いがあった。

だからそのグループの前での彼は、極めて従順な態度でへつらうような笑みも見せ、一方、それらの者が一人もいないクラスの中にあっては孤高の仏頂面で押し通し、同級生を白眼視するポーズを取り続けていたのだが、しかしこうした二つの擬態を使い分けるのは、それはなかなかに疲れる芸当でもあった。

またかような毎日だから、クラブ活動にも入らず、学校が終わると何かへトヘトに草臥れたものを感じつつ、真っすぐと帰宅し、まずは日課の自慰行為を済ませてスッキリしたところで本を読み、テレビを眺め、深夜ラジオを聴く毎日をダラダラ送り続けていたのだが、するうち、段々とこの繰り返しの中での〝学校へ行く〟と云う部分が、ひどく無意味なパーツのように思えてきてしまった。

明け方四時辺りまでラジオを聴いている為もあるが、朝七時過ぎに起きるのが何んとも苦痛になっていた。どうで行ったところで面白いことや楽しいことは何一つとしてなく、特に思いをかける女子も見当たらぬあの同年集団の中で、自分の時間を夕方近くまで無駄に過ごしているのが、実に馬鹿馬鹿しいことに思われてきたのである。なので二学期に入って十日ばかりも過ぎた頃から、貫多は意を決し、連日のズル休みを敢行することにした。

朝に、一度は制服のブレザーを着て登校するふりで家から出たのち、通学路とは全く違う界隈をぐるりと一周してから舞い戻るのである。克子は横浜方面へパートにゆく為に、毎朝家を出る時間が決まっているので、逆算して恰度入れ違いになるように割りだしたベストのコースである。高校生の舞は、それより早く、すでに登校しているのでまるで問題はない。

で、そんなにして無人となった我が家に戻った彼は、すぐさま衣服をパジャマに着替え直すと、布団もしき直して再び眠りに就くのである。

そして昼頃に改めて目を覚ますと、常備食のカップラーメンをすすり、テレビを眺め、自慰行為を繰り返し、しかるのち読書の三昧境に耽るのだ。

その頃は昼食のパン代として、日に四百円の金を克子から貰っていたが、これはまるまる浮かすことができるから、週に二千八百円の臨時収入が得られ続けてもいた。一点不思議なのは、この件につき学校側からは何も克子宛てに連絡がこなかったことであり、しかし無論、これは貫多には大変に好都合ではあった。否、幾度かは日中に、家の方に電話はかかってきていたようではある。ナンバーディスプレイなぞのない時代だったが、その、決まって夕方四時過ぎにかかってきていた電話が、かの中学校の担任教諭のものからであるらしきことは、大かた予測はつく。平生、彼の家に電話がかかってくること自体、滅多にないが故にである。だが、その時間帯に家にいるのは所詮貫多のみなのだから、これはてんから無視をきめ込み受話器を取り上げなければ、どうでそれまでの話でもある。郵便で何か送られてきても、それも開封して握りつぶすのは彼であったし、幸いにして克子が在宅している夜十時過ぎに連絡を寄越してくる程の夜討ち朝駈けの熱意は、その彼を露骨に嫌っている担任教諭にはないようだった。

つまりこれは、学校側からの問い合わせが甚しく不備であってくれたからこその賜物でもあり、それに根が増長気質にできてる彼がすっかり味をしめ、そして脱け出せなくなったとも云う、何やら責任転嫁の了見を含んだ、不登校劇の構図を持っているものなのである。実際に当時の貫多は、因をすべてこの点に帰しているフシがあった。

もっとも、程なくして彼の家庭内暴力が始まると、最早この不登校に際しては、一切の小細工を弄さぬようにもなっていった。

きっかけは、何か些細なことによる克子からの叱呵《しっか》であった。これまでは感情任せのビンタを張られても黙って俯いていただけの貫多は、すでに母親のことは内心でムヤミに見下すようになっていたので、この日は突発的に反撃の姿勢に出てしまったのである。

それが自分でも思いもかけぬ程の猛攻に転じたのは、彼自身もまた両親同様の資質を受け継いだ、極めて激情型の性格であったからに他ならないが、最早手加減の度合いも分からぬ程の打擲《ちょうちゃく》でもって、克子の膝を崩折れさせ、鼻からは鮮血をも噴出させると云う、完全勝利のかたちを収める次第にもなってしまった。

そしてこのときを境にして、以降の貫多と克子の関係性は、すっかり逆転したのである。

克子は何事につけ、貫多に対しては腫れ物にさわるような物腰で接するようになったが、それは紛れもなく或る種の諦めによる不干渉の類のものであったろう。だが貫多は、この状況をむしろ我が天下の到来としてよろこび、有頂天になった。

姉の方も、一日《いちじつ》、半殺しの目に遭わせてやり、彼は三人の母子家庭の中にあって、すっかり狂王のように振舞いだしたのである。

但《ただ》し、そうした貫多の言動に耐えかねた克子が、逆上して包丁を持ち出してくると、彼はそれが脅しの小芝居だと分かっていても、もし、万が一はずみで本当に刺される事態になっては適わないので、すぐさま空涙の土下座で謝罪の言葉を述べ、学校にも再び通う旨を固く約すのである。

この登校の意志を表すことによって、その場における克子の追い込まれた心情に向日的な光明を与え、もって貫多を刺し殺そうとの軽挙の抑止たる空手形となすのである。

そして馬鹿な克子は、その都度狙い通りにホコを納めてくれるのだが、貫多の方は翌朝になると体調不良を理由に、かの登校の実行を日延べしてゆき、結句《けっく》、なし崩しに元の状況に復して、またぞろ狂王の振舞いを始めるのだ。

かつ、相も変わらず不登校を続けたまま、克子の財布等から堂々と金を盗むようにもなり、そのお銭《あし》で家から電車で割合に近く、見知った者とも出会《く》わさぬ繁華街であるところの、横浜の桜木町に出かけてゆき、ニュース劇場で古い邦画の三本立てを観たり、伊勢佐木町に点在する古本屋を巡ったりし、土曜の夜は黄金町の三番館でオールナイトを眺め、朝方にくわえ煙草で帰宅して、他の、そこいらの中学生とは中学生が違うとでも云いたげな、いっぱしのローンウルフを気取った行動を取って悦に入っていた。

で、貫多のこの、まるっきり親の脛を齧りながらの孤高の生活は、彼が中学を卒業するまで延々と続いたものである。

そして当然ながらその甘ったれた日々は、一人都内に戻ってアパート暮しを始めた時点で終了するはずではあった。

入学できるような高校もなく、と云って四年間も定時制のそれに通うのも、ただ単に面倒だからと云う理由で断固拒否した以上、曲がりなりにも社会人として独立独行の道を踏みだしてゆくのは、それは当たり前に過ぎる話であった。

その為に、はな彼は〝縁切り料〟として、克子からなけなしの十万円を〝最後〟のものとして得ていたのだ。

だが、所詮貫多と云う男は、根が口ばかり大層なのである。元来が甚だ甘な了見の持ち主でもあったが、それに加え、この半年程のやりたい放題の〝歪んだ自由〟の時間によって、性根も更に腐ってしまったものらしく、独立生活を開始した僅か十日後には早くも初手の十万円を使い果たし、克子の元に追加の無心に駆け込む不様さを、見事に演ずる流れとなったのである。

仕事も定職には就けず、年齢と学歴の不備な点からアルバイトの口も限定されてしまったが、しかしその貫多はそれ以前の問題として、これは社会に出たその段に至って彼自身も始めて気付いたことなのだが、そもそも彼は、働くと云う行為が滅法苦手な質にできていたのであった。

何より、これも不登校時の頃に味をしめ続けていた名残りらしく、朝の決まりきった時間に起きることが大変な苦痛なのである。しかもその起床の目的が、退屈で厭ったらしい労働に赴く為のものだと思えば、たちまち心が萎縮してしまうのだ。

時間を拘束され、自由を拘束され、夕方まで牛馬のようにこき使われて、それでたかだか四、五千円の代価を貰うよりも、このまま心ゆくまで惰眠を貪り、起きたら好きな小説本をまた眠くなるまで読んでいた方が、はるかに自身の得だと云う風に思うのである。

飯代や煙草代は、取りあえず今日一日を凌げるものさえあればそれでよく、以降の分は明日の夜にでも、またぞろ町田の母の元に〝帰宅〟して補塡すればよかろうとの、まこと腐り切ったプランを、布団代わりのタオルケットの上に腹這ってグズグズ組み立て、そして逆算して始業時間との兼ね合いのギリギリまでを一応は迷い、そして半ば意識的に迎えた、いよいよのタイムオーバーになったと同時、〃もう今から身仕度して出かけても、どうで間に合わないから〃との事由を自らの大義名分にすり換えて、そこでようやく悪度胸もすわり晴れ晴れとした心持ちで無断欠勤をすると云う流れが、十五歳のその頃から早くも習慣化していたのだ。

なので畢竟《ひっきょう》、何かしらの己れのビジョンに基づいた、長期的なスパンでの働き先なぞ到底つとまりようもなく、またそれは給金の面からも、支払いが月毎の一般的なものは初めから除外せざるを得なかった。常にすべての時点での所持金が極めて僅少であるだけに、働いた分の給料はその日払いか、百歩譲っても週単位での払いの形態のところでなければ、どうにもならなかったのである。

これは彼のたださえ限られた、選択肢にほぼ余地の無い職探しの更なる弊害ともなり、行き着く先は日雇いの港湾人足か、製本所の下働きぐらいが、いつの場合も関の山であった。

当時の貫多の体験で云えば、満十五歳では新聞配達も卒業校からの紹介がなければ就労不可だったし、道路工事の棒ふり誘導員は、一応警備会社からの派遣なので十八歳以上がその対象。そしてコンビニの店員ですら、最低でも高校在学中の者でなければ雇ってはもらえなかった。

それ故、働くときはしょうことなく、前記の二、三種の仕事に交互に出てゆくようになったものの、やはり先に述べた悪習慣に阻まれて、この出勤頻度は全くもって飛び飛びの格好だったのである。加えて、その日に稼いだ金をその夜のうちに費《つか》い切ってしまう悪癖も当初の早いうちより身につき、尚と一層のことに日払い以外の仕事には手を付けられぬ、更なる悪循環を自ら作り上げてしまってもいた。

とは云えその悪循環は、根が怠惰にできてる貫多にとっては実こそひどく心地の良い、ぬるま湯に浸っているが如き状態でもあり、この環境にいったん慣れきってしまうと、やがて十八歳となって、少なくとも年齢的にはいくらか雇用先の幅が拡がったのちにも、何やら一向にそこからは脱出を試みる意志も湧かずにいたのである。

無論、その間の彼は克子に対する無心を、その年齢になっても、尚もしばしば繰り返していた。

そんな貫多にして、日雇いに一回出てゆく毎に欠かさず千円ずつの〝封筒貯金〟をしていたのは、これは偏に女体を買う目的の為のみの積み立てである。十七歳時に、同い年のジャガイモみたいな醜い顔をした高校生と、ほんの二箇月程交際する日々を得た以外、彼は素人の女とは口を利く機会すら得られ続けずにいたので、これは必要に迫られた執念の貯蓄である。

したがって、家賃として供出する金なぞは元より残りようもなく、それを支払う名目で克子から一万円程を引っ張ってきても、そんなのはすぐと二回のファッションマッサージ代で消えゆく羽目になっていた。

彼は、最初に借りた鶯谷の三畳間から、現在棲んでいる板橋の三畳間までの計七室に及ぶその変遷中、まともに室料を払い続けたことはただの一度もない。

すべての室を滞納につぐ滞納で、いずれも強制的に追い出されてきているのである。

連帯保証人の克子は、そのうち二度の尻拭いをし、他は不動産屋からの督促を完全に無視し去り、被害に遭った或る大家の一人をして、「子が子なら親も親だ」との台詞を言わしめたものだが、とあれ逃げきっていたようだった。

で、その、根が踏み倒し主義にできてる上、他人の迷惑はあくまで他人事《ひとごと》との主義にもできている貫多は、此度《こたび》もまた、つい四箇月程前に平和島の港湾作業先で知り合い、暫時交遊を持った専門学校生に、無理を云って融通してもらった金で借りた板橋の室の賃料を二箇月連続で払わず、否応なく強権的に退去させられる運びとなってしまっていたのである。

そして件《くだん》の専門学校生からの、その借金も返さぬうちから、彼はまたもや克子の元に駆け込んで泣きつき、パート先の同僚に助けを仰いで工面したとまで云う、九枚の万札を有難くポケットに捩じ込むと、早速に次に移り棲む為の安部屋を、先の新生の計画の下、大いなる意気込みをもって探しだしたのだが。——

二

長者橋の袂で、眼下の澱んだ大岡川に虚ろな視線を据えていた貫多は、まるで無意識のうちに三本目となるハイライトをくわえて暫くその状態でいたが、ふと気付き、ライターの火をそれに移すのだった。

しみじみ、彼はすでにして自分が、人生の落伍者であると思わざるを得なかった。

イヤ、彼の場合何も改めて、今更しかつめらしくそれを思うがものはない。

そんなことは、遡れば小学五年時の父親の逮捕ですでに大方の道筋をつけられ、高校に進学しなかった時点でハッキリ確定済みとなったことではある。

これだけ、何事につけ学歴偏重の傾向が昂まっている現在の社会の中で、到底有り得ないはずの〝中卒〟なぞ云う存在は、どうで負の世界に潜む天然記念物以上のものにはなれないのである。人間扱いされることを望むのは、土台厚釜しい話なのだ。人並みの扱いをされたければ、今までにそれなりの人並みの努力と辛抱をし続けて、しかるべき最低限の資格を一通り備え、果たすべき義務を果たし、人間関係も常識的範囲において培い得てからのことであるのは、さしもバカな貫多と云えど、道理の上では充分に弁えてもいる。

だがそれでも、悲しいかな彼は余りにも小心なのである。もう一つ、こう、全部を全部開き直り、落伍者に徹することもできないのだ。

それは社会的な体面とか身内に対する申し訳なさなぞ云うものではさらさらなく、あくまでも自身の誇りに鑑みて、どうにも出来兼ねることなのだ。

根がどこまでもスタイリストにできてる貫多にとり、このまま一つの節目たる二十歳と云う年齢を迎えても、これまでと同じ状況の泥濘の中でただ足踏みをし続けていては、やはり自身の矜恃の上で耐え難い面を感ずるのである。

自分と同級の者は、その大半以上はすでに大学生となり、きっとそれぞれの青春を目一杯に謳歌しているに違いない。

この点の妬みからくる苛立ちと焦りは、十六歳時までは殊の外に激しいものがあったが、その後、自分の環境とはどんどん差が開くにつれて、幾分諦観交じりに、その時点での自身の敗北は認めざるを得なかった。

しかしあくまでも、根が誇り高き貫多にしてみれば、それで自分が未来永劫、その連中に負けたとまでは思っていない。

まだ、向後に逆転する可能性は皆無でないはずである。

例えば貫多が金を借りた、かの専門学校生だが、この男は随分と自らの現時の恵まれた境遇の上にアグラをかき、持って生まれた他者から好感を抱かれやすい容貌と性格、水泳で鍛えた長身とでもって、同い年の慶応の女子学生と交際なぞもしていた。

貫多もその女とは一度だけ会ったことがあるが、それは彼の目から見てひどく顔色《がんしょく》の悪い、まるで幽霊を思わせるような風情であり、どう多めに評価しても、せいぜいが十五点程度の醜女なのに、ヘンに調子に乗ったクソ女だった。

しかし、かの男もどこか気のいい田舎者だったので、この女にまるでイニシアチブを委ねて、共に下北沢の小劇場を巡ったり、サブカル系のイベントに小まめに足を運んだり、はてはその種のトークショーで見知った作家を異様に持ち上げ、それにつれて矢鱈と〃文学〃なぞ云う語を使って語り合い、いっぱしニューアカ・ジェネレーションの一員みたいな顔をし、かつ、しょっ中セックスまでをもエンジョイしている模様で、何やらえらく楽し気に、そしてひどく嬉し気に、各々の青春を文字通りマン喫しきっている感じであった。

が、と云ってこの者たちも、今は図に乗って互いに全能感に満ち満ちた毎日を送っていたところで、果たしてこの先はどうなるか、分かったものではないのである。

いかに現在、えらそうにアングラ小芝居を眺めて、こうした類を鑑賞している自分自身に気持ち良く酔っていようと、それによってこの者たちの価値は何んら上がるものではない。いかに〝文学〟の理解者ヅラをして、他者の評言の受け売りを並べて同調し合ったところで、そんなのも所詮はただの気取ったアクセサリーでしかなく、その小説と作家に心底共鳴し、事あるごとにすがりついてしまう心の支柱となり得ていなければ、結句、小説は教科書を読むのと何んら変わらぬものに堕してしまう。この者たちには、そうした殉情はない。だからこんなのは、さしずめ大手の出版社にでも入って文芸誌の編輯部にでも配属され、毎月毎月、一部のバカな読者と、乞食根性丸出しの、自称評論家の連中以外は誰も読まない作文をせっせと媒介していればお似合いなのだろうが、如何せん、専門学校卒ではそれもまず、入社の段階でもって到底叶わぬ夢であろう（この点では、中卒とまるで大差がないようだ）。いずれ頭打ちと妥協の折り合い地点で、思わぬ現実を前にして立ちすくむ事態のくることは明白である。

就職して結婚し、王道の人生レールに順調に乗っていたところで、それはつまり単に稼いで食うだけの単調な一本道なのだから、かような状況を今、この時点で十九歳のいい若い者が羨むがものはないし、これをして一概に勝ち負けを判断するのはやはり早計であろう。

なので貫多は、この段においては人生の完全敗北までを認めていないと云うのである。落伍者の泥濘から身を立て直す法は、向後僅かにでも残されているはずだった。第一、考えてみれば彼はまだ、今のところは未成年なのである。これは充分、立ち直りが可能な時期の内には違いあるまい。

――が、しかしである。

しかしそうは云っても、今までの彼は余りにも冴えない日々を送り続けてしまった。すべて自業自得が招いた展開の連続とは云え、彼は余りにも容易く怠惰の泥沼に嵌り込み、そして余りにもそこから脱け出す一切の努力をしなさすぎてきた。かの専門学校生の行く末に嘲笑を浴びせるより先に、まずは一番に我が身の将来を、も少し真剣に考え直してみるべきではあった。

だから此度の宿探しは、その点を自分なりに思いつめた果ての新生を期したものであるだけに、貫多の意気込みはなまなかなものではなかったのである。

先の王道のレールを目指すわけではないが、しかし今、人並みに近いところにまで軌道の修正を試みなければ、彼の人生はいよいよ取り返しのつかぬことになってしまいそうである。

その実践の第一歩として、貫多はこの際――板橋の室を追い出されることになったのをよい潮として、またこれを自身の強制退去歴の最終回のものと心得た上で、多少の環境の変化を期して一度都内を離れてみる気になったものだった。

だがその心境に至っても、そこは所詮、貫多のことである。根が冒険心に乏しいと云うか、至って人見知り、土地見知りにできている、どこまでも陰弁慶男の貫多のことである。

その移住の地に、都内とさのみ変わらぬ横浜を選択したのは、大層な意気込みにも似合わぬ、何んともしまらぬ話であり、かつ、先にも云った通りに、桜木町周辺は彼が町田にいた頃から週に一度は訪れていた馴染み深い一帯である辺り、明らかに甘な依存心がどこかしら見えすいているような観もなくはない。

けれど貫多としては、これも自らの決意と相反する側面は毫もなきものとの、揺るぎない自負を抱いていた。

確かに桜木町から僅かに数駅離れた街には、克子がパート社員として雇われ店長をつとめる、子供服メーカーの入った大型スーパーがある。

即ち、なまじ都心に近いところにいるよりも、これは困ったときの無心に際して一層利便な状況になるようにも見受けられるのだが、貫多の方では、最早何があってもそこに頼るつもりは一切ないのである。

だからこそ、いきなり名古屋だの大阪だのの見知らぬ遠隔地に行くよりかは、万が一に食いつめた場合、勝手知ったる港湾人足なり書籍の取次倉庫の日雇いバイトなりにもぐり込んで、そこでひとまず体勢の立て直しを図り得る、その通勤がギリギリ数日間は可能な距離として、多少は右も左も心得たこの地を選んだのだ。かような深謀の元に、はなその界隈を移住先に想定した際は、いつにないその綿密な計画性を、自身大いに頼もしくも思ったものである。またこれは、どうせなら桜木町周辺と云う広い範囲で探すよりかは、ダイレクトに桜木町駅を平生の最寄り駅となし得る、駅から半径数百メートル以内のところで探してもみたかった。

彼がこの界隈に執着を持つのは、その猥雑さと、町全体がすえた小便とドブの悪臭に覆われた、独得の不潔な雰囲気の中に、やはり冒頭にも述べたような、或る種の郷愁を感じているからに他ならなかった。

すでに港口の方からの再開発は始まっており、駅舎も一部新築工事に着手していたが、それから十数年ののちには一帯がえらく近代的で、とびきり洒落た街並みに変貌するとは露ほども知らず、その時分には昭和四十年代で時間が止まっているような、雑然たるこの地域の雰囲気に、貫多はしきりと幼少年期を過ごした町の風景や匂いの記憶を呼び覚まされるのである。

無論それは、彼の生育の地とは町の規模から何からまるで異なる、むしろ似ても似つかない程の雰囲気ではあるのだが、根が寂しがり屋にできてる彼は、そんな自らの記憶の中だけの相似が、これから本当の意味でいよいよ一人立ちをしようとする新生活の環境としては、何か打ってつけのもののような気がしたのだ。

で、ここまでイメージを積み重ねた上で、貫多にはこれが己れの人生蒔き直しシナリオの、まこと完璧なる第一章に思えてならなかったのである。

——だが、そんなにしてこの日、勇んで該地にやってきたものの、いざ実際に探してみると、ヘンに地域を限定している分、貫多が望むような月額一万円前後で四畳半以下の借部屋と云うのは、いかにも世間知らずな、まるでないものねだりの虫の良すぎる希望であることを思い知らされてしまった。

よくよく考えてみれば、いくら雑然とした古ぼけた雰囲気とは云え、そこは伊勢佐木町の盛り場の入り口となる駅の一つであり、少し先には関内の官公庁街が拡がる一等地域でもある。

そんな場所で、今日びただささえ無茶難題の類たる、かの条件での貸室なぞ云うのは、すでにそれは物件自体が絶滅しているのかも知れなかった。数軒覗き込んでみた不動産屋でも、どこもワンルームの七万円台が、その界隈での下限になっている。

南区に入りさえすれば、まだ所期の希望に沿うものが見つかるのかも知れなかったが、そうなると何度も云うように、彼の思い描いた完璧なはずの再生シナリオが、根元のところから破綻をきたすのである。

この場合は、できる限り初手のイメージを崩したくなかった。一つ理想が綻べば、そこからみるみる亀裂が拡がり、いずれすぐと全部が崩落してしまいそうな危惧があった。

彼はどこまでも、その根が駄々っ子気質の完璧主義者にできていた。

ひとたび理想のかたちを思い描いてしまうと、今度は狂的にその幻影に執着し、結句それに自縄自縛の状態となり果てるのである。

貫多は指に挟んでいた三本目の煙草を、眼下に繋がれている小舟の中に落ちぬよう注意を払いつつ、川面に向けてはじき飛ばした。

そして欄干から体を離すと、も一度肩口で頰を伝う汗を拭い、やおらゆっくりと歩きだす。

界隈と云うことでは、まだ反対側の方向に探す余地は残っている。それで今度は桜木町の駅前を左に折れて、高島町の方に進みかけていったが、こう、目で見る限り、その先は右手の電車の高架線に沿って殺風景な国道が延びているだけのようなので、そこは早くも見切り、くるっと踵を返すとニュース劇場の先から野毛山に出る坂を上がってみることにした。

途中に年季の入った店構えの、大きな古書店があるだらだら坂のその向こうへは、貫多はこれまでに足を踏み入れたことがない。

どん突きにもまた、広い車道の坂道が横切っており、左に下りると今しがたの日ノ出町に戻るので、右へと上がっていったが、何んでもそれは緩やかながらも結構に長いのぼり坂であり、両側に土止めの擁壁が続いて商店もないので、一体これはどこに出る道なのか、段々と心細くもなってくる。なので引き返そうかとも考えたが、ただ戻るよりも、横道でもあったらそれを折れた方が得策かと思ったので、尚と進んでみたのがやはり正解であり、なだらかなカーブを曲がったその先には、何か突然集落でも現われたような塩梅で、左右に町並みが開けていた。

坂を上がりきったそこは三叉路になっていたが、それらもいずれも斜面を形成している。即ち、この位置が頂きになっているようだった。

右手になる一方の坂は大変な急勾配のもので、その彼方には、港に停泊する船のマスト部の群集が望見できた。

貫多は傍らの住居表示板で、この一帯が西区内であり、すぐ横手には名高い伊勢山皇大神宮のあることに、何がなし感嘆する。

そして左に下りてゆくと京急の戸部駅にぶつかることも知れば、この際、宿探しもその辺りまで範囲を拡げてみてもいいような気持ちになってきた。

この付近までであれば、まだ桜木町駅を日常の最寄り駅として利用するのが、何んとか可能な範囲である。それに中区が無理であるならば、南区よりは西区の方がはるかにマシである。まだそこには横浜のイメージも残っている。

これでまた先程の付近に引き返したところで、どうも結果は出なさそうな諦念に、すでに当初の意気込みが悴《かじ》けつつあった貫多は何かワラをも摑む心境となり、結句、思いきって戸部駅まで下りて行ってしまうと、その周辺にあった不動産屋を次々と覗いてゆく流れになったのだが、幸か不幸か、その半ばヤケ気味の態で三軒目に飛び込んだ店にて、六畳一間で流し台の付いた手頃な貸室と云うのが、見つかることは見つかった。昔の狭小住宅が密集した地域の一隅にある、青ペンキの剝げた部分の錆がやけに目立つ、古びたトタン張り二階家の上階の部屋で、これはてっきり下宿形式のものかと思いきや、一階部分の家主宅は平生は無人であるとのこと。

これまで貫多が借りていた部屋は、いずれも家主宅とは別棟に作られていたものだったので、このもの珍しさには一寸興趣をそそられたし、何より六畳と云う広さに水道まで付いている豪華さは、どうにも魅力的ではあった。

ただ室料が心算のものよりだいぶオーバーする、月額一万六千円と云うのは甚だ痛く（これまでに、どこでも一度たりともまともに室料を払いきった実績もない彼が、こうした物言いをするのは何んだが）、戸部の駅にこそ徒歩五分だが、桜木町となるとその三倍以上の時間がかかる、その距離的な点での不満もやはり感じたものの、しかし、ただされ現在棲んでいる宿を数日中に明け渡さなければならない身の彼は、この際はもう、理想の成就度七十点台のこの結果で手を打つべきだと観念もした。いったんここに住み、それで改めて自分の望む近辺での物件出現を、気長に待つと云う手もあろう。

なので貫多は、その場で敷金礼金手数料と前家賃分の計四箇月分と、今月分の家賃の日割り五千円程を足した、七万円程の金をポンと支払い、契約書に判を捺し、とあれそこへは四日後からの入室の運びと相成ったのである。

三

さて、そんなにしてまずは新たに移り住む宿を決めてきた貫多は、取りあえず翌日からの三日間は、かねて予約を入れておいた引越会社の日払いアルバイトに出かけていった。

これは当然、その日によって作業内容にかなりの当たり外れがあったが、金のない学生なぞが手っ取り早く日銭を稼ぐには随分好都合だとみえて人気があり、どこの募集もわりと早くに定員が埋まってしまうこともあって、貫多はこれまでにも都合七、八回程度しか、その作業に従事した経験はなかった。尤もそれは、彼の方がそんな所に行くよりも、慣れた港湾人足業の方を断然贔屓にしていた故もある。

だが先般、その贔屓先の荷役会社から出入り禁止みたいな扱いを受けていた直後ともあって、現在の室の二箇月分の滞納賃料を片付ける為には、すぐに稼げる場としてそこに行く以外はなかった。

何しろ、かの室の家主は全く融通の利かぬ老人で、未払い分は退去したあとに分割払いで完済するとの申し入れを、まるで受け付けてはくれぬのである。

入室時に一万円を敷金として置いているから、残りの負債は、あと一万円程である。

貫多は以前にも、十六歳時に僅かの期日入っていた、雑司が谷の四畳半でこれと同じ状況に立ち至り、このときは先方はとにかく彼が部屋を明け渡すことが第一の希望だったらしく、望み通りに追い出されてやったあとは、分割払いを約した残りの金をそれきり一円たりとも振込まず、約束を違えて結句踏み倒す格好となっていた。

だから当初、現室の家主にこの支払い方を述べたときの貫多は、無論、今回もまたその段取りで遁走してやろうとの思いをふとこっていたのだが、一転、やはりこれはキレイにして出て行くべきだとの、ひどく殊勝な意志が芽生えたものであった。

単に先方からそのプランを蹴られたので、仕方なしに、と云うばかりではなく、これまでの我が身を省み、新天地で蒔き直しを図るのなら、まずは従来の数ある悪癖のうちの、或る意味悪質さにおいては最上のものであろう、この家賃滞納の常習性を根っこの部分から断ち切ろうとの、何んとも人並みな思考にとらわれたのである。

だからここにおいて、貫多はそれまでの七箇所に及ぶ〝店子歴〟の中で、初の自力のみで未納分の始末をつけ（しかし、よく考えてみると、ここに入るときに充てた初期費用は例の専門学校生からの借金であり、それは当人に未だ返さず、その内の敷金分を未納分への補塡に廻したのだから、厳密に云うとそれはちと違うことになるやも知れぬが)、明け渡しの当日に、残金を耳を揃えて家主に渡した彼は、着替えと布団代わりのタオルケット、それにトランジスターラジオなぞを詰めた三つの紙袋を持ち、負債ゼロの全く晴れ晴れとした顔付きでもって、その板橋の宿をあとにしてきたのであった。

そして貫多はそのまま赤羽線の駅へゆき、いったん赤羽に出たのちに京浜東北線に乗り込んだのだが、電車が蒲田を過ぎて多摩川を渡る際、バカな話だが彼は何んだかひどくセンチメンタルな気分に襲われた。

今度東京に戻ってくるのは何時の日ならん、との感慨も湧いたが、このときの彼は、紛れもなく都落ちをする侘しき心境に陥っていたのである。

で、昼過ぎに桜木町駅に降り立ち、貫多の都落ち気分ながらも蒔き直しを期した新生活は、この瞬間から始まった。

彼はその構内を出るときに、売店で日刊と週刊の求人雑誌を二種購めた。

早速に働き口を見つける気になっているのは、実に見上げた心意気だったが、それは云うまでもなく、一つには早くも所持金が乏しくなっている事態からの必要性に迫まられてのことでもある。

手元の全財産は四万円弱に目減りしていたが、しかし現時点でこの額があれば、充分に週払いシステムのところにも対応できるから、探す職種にもいくらかのバリエーションは期待できそうではある。

それだから貫多が、かのトタン張りの新アパートに着いて最初に行なったのは掃除でも買い物でもなく、赤茶けた畳の上に胡坐座りをし、買ってきたばかりの求人誌にやや性急に目を走らせることであった。

頁を繰っていると、戸塚の先にあるらしき造園会社の募集要項に、彼の望む条件とほぼ合致するところが目についた。

週払い応相談、とあるからには、それはこちらで希望すれば応える用意があると云うことであろう。

一点、普通免許所持者優遇、と云うのは父親の趣味の逆影響で車嫌いになり、この先もまるでそれを取得するつもりのない貫多にとっては不安要素でもあったが、所持者限定とは記載されてないのだから、これは免許のある者には運転の機会もある故、その手当てを別途支給するとの優遇の意かと独り決めし、すぐさま申し込んでみるべく外に飛びだして公衆電話（のボックスが、随分と室からは離れたところにある不便さを、このとき始めて知った）から連絡を入れると、幸いにもまだ募集中であるとのこと。

そして早速に面接してくれると云うので、貫多は電話を切ると、求人誌の巻末に綴じ込まれた履歴書を引き破り、覚えたての新住所と、あとは経歴欄に卒業中学校名を書き込んだだけの極めて簡潔な書類を握りしめ、そのまま今先に上がってきたばかりの急勾配な紅葉坂を駆け下りてゆく流れとなった。

で、小一時間程ののちに辿り着いたその造園会社は、最寄りの駅から十五分程も歩いた場所にあり、不慣れな土地でもある為、途中で道順をもう一度電話で聞いた上で、ようように見つけるに至ったのだが、その実体は思っていたイメージと違い、広大な敷地の中にある邸宅の、母屋の傍らに建っているプレハブ小屋であった。

一階はシャッター付きの道具置き場らしく、外階段を上がった二階が事務所になっているようだった。

面接をしてくれたのは社長だと云う三十代後半ぐらいの大男だったが、嘘か本当か知らぬが貫多の最初の電話の直後に別の応募者があったものの、すでに昨日までに二人決まり、あと一人で足りるからきっぱり断わった、との言を開口一番で告げてくる。

これは聞きようによっては妙に威迫的で、ひどく押しつけがましくもある台詞だったから、貫多はのっけからやけにドギマギした気分にさせられた。

だが先方は異様に白目がちの、不気味な感じがする濁った眼《まなこ》を殊更に見開くようにしつつ、その貫多を正面から見すえていっかな視線を外さないので、彼の緊張感は更に煽られてくるのである。

この、いかにも押しの強そうな態度と云い、不自然な程に薄い、口角の上がった冷酷そうな唇と云い、まだ若いのに前頭部が漉いたみたいになっている薄毛と云い、どうにもこれは、貫多が最も苦手とするタイプの男ではあった。

根がおとなしい、甘な坊っちゃん気質にできてる彼は、こうした見るからに鋭角的な相手には何か条件反射的に萎縮する、蛙みたいにダメなところがあるのだ。

その男——垣之内は、貫多が差しだした至極あっさりとした記述の履歴書を手に取り、眺めるや、俄かに眉を顰《ひそ》めて、

「なんだよ、これは。また、ずいぶんと簡単に書いてきたな……写真も貼ってないし、印鑑もついてないし、第一こんなのじゃ、経歴がわからねえじゃねえかよ」

と、また貫多の顔を、蛇みたいな目で正視してくる。

貫多は、このいきなりの否定的な言に、更にドギマギしつつ、

「あの、ぼく、本当に経歴はそれだけなんです。そこに書いてある以上のことは何も

ないんです」

「だってお前……えっ、すごいな、今どき中卒かよ。こんなの、俺の時代でも同級生には一人もいなかったぞ」

「はあ」

「なんだ、中学のときはいろいろ問題を起こしたタイプだったのか」

「いえ……」

「校内暴力とか」

「いや……」

「そうだろうな。まあ、そういうタイプには見えないよな。穏やかそうな顔付きをしてるしよ」

「はあ、ぼく、最初会った人にはよくそう云う風に言われます」

「でも、ちょっと暗いな」

「はあ、それもよく言われます」

「けど、今どき問題児でもなくて、高校に行けないやつなんているのか？」

「はあ、いえ……ぼく、いろいろ悩んでいたりした時期があったもんですから」

「ふーん、そうかよ。まあ、いろいろあるよな。けっこう、経済的には苦しかった家庭で育ったりしたのか？」

「いえ、まあ」

「どっちだよ」

「はあ、そんなに貧乏と云うわけじゃなかったんですが……やっぱり母子家庭だったもんですから、裕福ではなかったです」

ズケズケと踏み込み続けてくる垣之内に、すでにして貫多は飲まれたかたちとなって、しどろもどろになる一方だった。

「親父さんは、亡くなられたのか」

「いえ、生きてると思います。随分昔に、母とは離婚したもんですから」

「ふーん、長男か」

「上に姉がいます」

「じゃ、長男だな。その長男が中学出て、なんで今、こんなとこにいるんだよ。そのくせこれまでに職歴が何もないのは、どういったわけなんだよ」

「はあ、ずっとアルバイトをしてたんですが、いろいろあちこちでやったんで、いちいち書くのもあれかな、と思いまして」

「あれ、っていうのは、なんだよ」

「あの、履歴書を見て頂くかたに、煩瑣なことになるかと思いまして」

「はんさ？　はんさってのは、なんなんだ？」

「あ、いえ……煩わしいと云うことです」

「ふーん。そうかよ」

「…………」

「今までに、どんなアルバイトをやってきたんだよ」

「あの、殆ど肉体労働です。人足仕事とか……」

「にんそく？」

「あ、沖仲仕です」

「え？　おきなかし？」

「……えーと、埠頭とかでの荷物の積み換え作業です。あと、引越の作業員とか製本所とか」

「そういうのって、一日やっていくらぐらい貰えるんだ」

垣之内は、その問いだけは明らさまに身を入れた感じで尋ねてきた。

これに貫多は、萎縮しきっていながらも、この造園会社の日当が七千円と高値であるのに比し、正直にそれより安価だった額を、この蛇みたいな男に馬鹿正直に申告し

たら、もしかしてそれに合わせた賃金設定に見直しを図られるのではないかと思い、

「あ、七千円でした」

と、嘘をついておいた。

するとは垣之内は、

「ふーん、そうかよ。どこも大体、そんな程度でやってるんだな。まあ、うちは長く勤めりゃ昇給もあるし、運転手当てなんかも出すんだけど……お前、免許はまだ取ってないのか」

「はあ、これからです」

と、これも嘘をつく。

「まあ、今のこの時点では、俺のところで免許を取らせてやるとまでは言えないけどよ。働きぶりとか見て、それでいろいろその辺も考えていってやるよ。よし、なら明日からでも来てくれよ」

ニヤリと笑い、それで貫多の採用は決まったようだったが、しかし彼の方ではまだ肝心の点を全く確認していないので、この展開に更にドギマギするばかり。

が、垣之内はそんな貫多のいかさも何か云いたげな、怯えた小犬のような表情には委細おかまいなしに、それから仕事の内容を滔々と説明し、それを一通り終えると急

に思いついたように、

「足は、いくつあるんだ」

と、妙なことを聞いてきた。

「は？」

「足だよ。地下足袋を支給してやるから、サイズを教えといてくれよ」

「あの……六半です」

「二十六・五センチだな。よし、わかった。用意しておく。うん、まあ大体そんなとこだな。とにかく泥まみれになるからよ、とりあえず汚れてもいいようなズボンは自前で持ってきな。上着は会社のを貸してやるからよ」

垣之内はそう云うと、机上に置いていた貫多の履歴書をつまみ上げて抽斗の中にしまい込み、それで面接終了の雰囲気を漂わせてくる。

なので、貫多は慌てて、

「あの、日当の支払いの件なんですが……」

と、思いきって彼にとり最重要の懸念をそこで初めて口にした。

すると垣之内は、その爬虫類じみた顔を怪訝そうに振り向け、また貫多の正面にピタリと据えてくる。

「なんだ」

「あの、募集広告に週払い応相談、とあったんですけど、ぼく、できましたらそれは、そのかたちで頂きたいなと思いまして……」

「週払いか。なんでそんな小刻みに金が必要なんだよ。ギャンブルにでも狂ってるのか」

「あ、いや、そんなんじゃないんです。ぼく、賭け事は一切やりません。パチンコさえもやらないんです。ただ、今は偶々お金がなくなってしまって……本当になくなってしまって、恰度手元には、あと一週間分程度の生活費しか残ってないもんですから……」

我知らず哀れっぽい口調で述べると、垣之内は、一寸その薄い唇を厭ったらしそうに歪め、

「週払いとかはよ、俺はあんまり感心しないんだけどな」

何やら難色を示してみせる。そして続けて、

「よほどの事情があった場合を想定して、一応広告にはそうも打っておいたんだけどよ……まあ、月払いの方が優先ってことになるよな」

なぞとも言ってのける。

で、これには貫多も、さすがにカチンとくるものを感じた。

開口一番からの、やけにズケズケした物言いには、すっかり飲まれてただひたすらに縮こまっていたが、それだけにその反動で、この面接はおろか、ここに来る為にかかったこちらの足賃がまるで無駄なものへと繋がりそうな垣之内の、このとぼけた台詞には、「うるせえや、この乞食野郎めが!」と、いきなり浴びせかけてやりたくなった。そして、「てめえとこの広告に週払いも可能だと謳ってるから、こちとら高い電車賃を出して、わざわざこんな僻地にまで来てやったんだ。それなのに、てめえの今のその言い草は何んだ。それに最前からのその物の言いかたは何んだ。何が、お前、だ。てめえみてえな文字通りの土百姓に、お前呼ばわりされるようなぼくじゃないぞ。嘘つきめ、そんなのだから、てめえは不様にハゲるんだ!」と、言いざまポカッとそのハゲ頭を殴りつけ、そして顔に手鼻を放ってやりたかった。

だが、冷酒の三合も入っている状態ならばともかく、シラフではとてもこんな大男には、「うるせえや」とすら怒鳴る勇気もない貫多は、これには押し黙る恰好で下を向き、そしてそうなると垣之内も貫多に視線を固定したまま無言となり、二人の間には暫時重苦しい沈黙が流れた。

と、垣之内は、突如ヘンな含み笑いを洩らし、

「――そうか。それをアテにして、うちに来る気になったという訳だな」

目尻を下げた笑い顔を見せてくる。

「……その通りです」

「でもよお、日給七千円なんて、この仕事のキツさには、正直そんなに見合わないし、それを日銭感覚で使っていたら、一週間分なんてすぐになくなるぞ。月払いじゃ無理なのか」

「はい」

「どうしてもか」

「はい」

「体は、いくつあるんだ」

「はい？」

「長さだよ」

「あの、百七十七です」

「目方は」

「六十五キロです」

「――まあ、それだけ体格もあれば、すぐにネを上げて辞めるなんてこともなさそうだから、いいよ。だったら、一週間ごとの払いにしてやるよ」

「……ありがとうございます」

「けど、それは最初のうちだけな。せいぜい二ヶ月くらいの間だ。それ過ぎたら、他の連中と同じの月払いシステムに戻すぞ。それまでの応急措置な」

「………」

「それで、いいだろ」

良くはないが、現実に手元不如意である以上、一応貫多は仕方なく頷いてみせたが、しかし内心では、それならここでのバイトは、その支払い方が変わる二箇月目までのことだな、と、すでにして裏切りの意志もふとこらざるもを得なかった。

生活の新規蒔き直しに当たってのその勤め先が、初手から腰かけと決まったことは何か出ばなを挫かれる思いだったが、しかしこれはもう、どうにもならぬことである。

それにそうは云っても、まだ実際に働いてみたわけではないのだから、その二箇月目までと云うのも作業内容の如何、苦しさの度合いの如何によっては、それまで持つかどうかわからぬところだとも思えば、やはりここでの勤めは、始めから捨て試合のつもりで臨む気持ちが強まっていた。

先にも云ったが、元の根もさることながら、殊にその時期の貫多は綿密にイメージしていた自己の理想が一つ崩れると、すぐにその全部がどうでも良くなってしまう悪癖が顕著だった。が、しかしそこを改善する必要を自覚していたこともあり、このとき抱いた裏切りの意志や捨て試合で臨むとの意向は、それまでのやたけたな駄々っ子根性からのものとは、まるで意味が異っていた。駄目ならば、即刻次を探す態勢を今のうちから整えておくことを自らに促した、明日を見据えた極めて向日性のものである。

それだから貫多は、終始恭順な態度のまま、とあれ無事に採用となるにはなったのだが、しかしこのとき垣之内が言っていた、仕事のキツさに見合わぬ日当、と云うのは、満更威しでも謙遜でもないことを、彼は翌日の初作業時においてまざまざと知ることになったのである。

その初日は、港北区内の造成地に新築された、何かの工場敷地内での植樹作業だった。

すでに数日間に亘って進めている途次のものらしく、この日は三本の公孫樹《いちょう》の大木を、朝一番でその種の、専門業者の林（山林ではなく、広大な面積の平地に、等間隔で植樹されているもの）に引き取りにゆき、クレーン車を使って持ち上げることから始まったが、林立する状態の公孫樹の根を土中から掘り出すのは、周辺の大まかなところまでは小型のユンボで掻きだすものの、あとはすべて手作業（幹を傷付けない為にそれは必須のことらしかったが）によった。これは一見すると至極簡単そうに見えたが、実際にやってみるとなかなかに骨の折れるもので、生まれて初めてスコップを手にし、ユンボがぐるりを掘った穴の中に、他の三名の者と共に飛び込んだ貫多は、その腕の力の入れどころと云うのが、サッパリ摑めない。

万一にも木が不意に倒れてこぬよう、養生をあてた幹にロープを巻いてクレーンで固定したその根元を、四人の者が取り囲んでひたすらにザクザクと掘り続けるのだが、やがて地中に無数に伸びる頑丈な根があらわれると、それをスコップの先でもって切断するのが、実こそその本当の役目でもある。

だがこれは、渾身の力を込めても十数回程度突き下ろしただけでは容易に切れず、要領の分からぬ貫多は、やたら上半身の力だけでこれを試みるので、開始して、ものの十分も経たぬうちには、すっかり息が上がってきてしまった。

そしてようように、これですべてと思われる根っ子を切ると、ここで二人の植木職人が代わって穴に入り、土付きの巨大な球形の根に菰を巻いて、荒縄で縛ったその上を杵ほどもある大きな木槌で叩きまくる。そしてそれを吊り上げてトラックに積むまでにタップリ二時間以上を要したのち、さて現場に運んで、こちらは完全にユンボのみで掘った穴に四メートル程の高さのその木を落とし、それで一本の植樹は完了となる。で、また業者の林に取って返すと、同じ作業を同じ時間をかけて行なうことを二度繰り返して、夕方五時過ぎにこの一日目の作業は終了となったのだが、そのときには貫多の両腕は、一寸感覚に痲痺を来たす程の状態となっていた。

　イヤ、こんな風に云うと、何か彼が激しく筋肉に負荷をかけつつ、しかしそれなりに下っぱ作業をこなしてみせたようにも聞こえるが、実情はそうではない。

　有り体に云えば、彼は途中でへたばっていたのだ。

　三本目の掘り出しのときに、もう一人の本日から働き始めていた三十過ぎの者ともども、まるで使いものにならぬ状態となって、見るからに老年の植木職人が業を煮やして交替をかって出た程の醜態を演じてしまったのである。

　これには貫多も、何かすっかり意気消沈するかたちとなった。

　それまで彼は、何度も云うように三、四年もの間を主に荷役作業でのアルバイト生活を経《た》てていて、こと肉体を駆使する重労働に関しては、これで些かの自信があった。

　だから当然、此度の造園仕事と云うのも、面接時に垣之内から説明を受けた通り、その実質は穴掘りと土運びの、まるっきりの土方仕事である以上、それはそれなりに難なくこなし得るものとの自負も充分に抱いていたものだ。

むしろそんなのは、あの港湾荷役の一塊三十キロからある冷凍タコを、日がな一日パレットに移し替え続けると云う、中世の奴隷めいた厭ったらしい労働に比べれば、肉体的にも精神的にもはるかに楽なものであろうとの、タカを括ってさえいたのである。

けれど所変われば品変わる、ではないが、この文字通りの土方作業は、ただ重量のある物を持ち運ぶそれとは、まるで筋肉の使いかたが異なっているようだった。かつ、呼吸の入れ具合も、全くもって勝手が違う。比べものにならぬ性急さを要するのである。

このときの現場の責任者たる、社員の服部と云う男は、穴から引き上げられて、ゼイゼイ荒い息の出し入れをしつつ、呆然としている貫多に、

「まあ初日だし、そんなもんだ。気にしないで、また動けるようになるまで休んでな」

と、苦笑交じりの声をかけて、そのまま四十分近くも休憩さしてくれたが、一方でこの夕方、会社に戻る六人乗りトラックの車中では、

「昨日の夜、社長が北町くんのことを〝即戦力となりそうな奴がくるぞ〟とか言ってたんで、俺もどんなすごいのが入ってきたかと思ったんだけどさ、ガタイはいいけど、体力的にはまだまだだな」

と完全否定され、更に貫多はしょげ返る次第となった。

無論、服部のそうした物言いは、今後の期待を込めた檄の意もあり、皮肉や揶揄のつもりは殆どないものには違いなかろうが、これまでに日雇いの、誰も相手にせず、誰からも相手にされずで気楽な反面、まるで人間関係の薄い職場の環境に慣れきっていた貫多はこれに些かムクれ、服部の言葉をそのまま額面通りに受け取ってしまう。

そして自らのダラしなさは棚に上げ、(イヤミな土方野郎だな)との不快感を持ち、尚とここでのバイトは腰かけに徹する意志を固めたのである。

が、しかしそのような腰かけの意志を強固にしたのでも明白なように、貫多はこの仕事を、その初日だけで辞めるつもりはまるでなく、翌朝も七時に目を覚ますと、かつて経験したことのない、上半身だけのヘンな筋肉痛に見舞われながらも、またノコノコと出かけていった。

どうせなら、本当に限界を感じたところまでは少しでも稼いでおきたい思いが勝さってのことである。

港湾人足や書籍の仕分けであれば、翌日無断欠勤をしても明後日は普通に就労できていたが、ここでそれをやったなら、即刻クビになるであろう。そうなればすぐと代わりになる働き口のアテもないのだから、出来る限りはしくじりたくなかったし、またあれだけ覚悟を決めながらも、ついつい見失いがちともなる所期の生活立て直しの実践の為にも、とあれ続けて出てゆかなければならなかったのだ。

と、その二日目には、昨日貫多と同時に働きだし、共にへたばった三十過ぎの者は来ておらず、どうも初日だけで辞めてしまったみたいなので、バカな貫多はこれに得も云われぬ優越感を抱き、ちゃんと次の日も現われた自分の存在を、大いに周囲へ誇示する気持ちになっていた。

だが当然、と云うか、これに対して特に驚きの色を見せたり、何かしら賞讃の言葉をかけてくれたりする者はてんで皆無だった。

その日に貫多に課せられた役目は、昨日移植した公孫樹の大木の根に、終日一人で水を注入することであった。

これは業務用のホースを、新設工場の屋外の水道栓につなげて、まだ土をかぶせていない穴と菰を巻いた球形の根の隙間にさし込み、時々その位置を変えて充分に水を流し込むと云うものであったが、当初彼は、こんなのは三本の木に順番にさし込んで

いっても、せいぜいが数十分くらいで終わるだろうと思っていたら、これがまた大間
違いだった。

わりと強めの勢いで放水しても、一向に穴と根の隙間にそれは満たされないのであ
る。

注がれる側（がわ）から、周囲の土に吸水されていってしまうのだ。

よく考えれば、これは物理的にも極めて当然のことだったが、その一つの穴によ
う水が溜まるのには二時間近くもかかり、それを待って服部に指示された通りに、
周囲に積まれてある掘り起こされた土を元通りに投げ入れては踏み固めをするのだが、
このときにスコップを握った以外は、あとはただホースの先尖を持ち、水が土に吸い
こまれてゆくのをひたすら眺めているだけである。

他の者は、すべて少し離れたところで昨日と同じ作業に従事し、甚だ忙しそうだっ
たが、これは昨日へばった新入りの筋肉痛を慮（おもんぱか）った、その緩和の為の計らいのもの
であろうことは、貫多にも何んとなく推察することができた。

それが証拠に、翌日の三日目になると、この注水の役目は従前の担い手である老人
の植木職人が受け持ち、貫多はまた穴に飛び込み、腕の痛さに顔を顰（しか）めつつ、ひたす
らスコップを動かし続けていたのである。

そして、これはまことに意外なことだったが、その三日目も過ぎ、更に四日目、五日目を経るにつれ、貫多は徐々にこの職場の雰囲気に、そう居心地が悪くないものを感じてきたのである。

この有限会社の垣之内造園には、まず〈造園部〉なる名称の土方班があって、先の服部ともう一人の水沼と云うのが責任者格として現場に出ていたが、これが共に大変な好人物であることが、次第にわかってきた。

二人とも年齢は三十代の前半らしかったが、服部は小兵ながら固太りの精悍な感じの男で、片や水沼はヒョロリとした銀縁眼鏡の、どちらかと云えばホワイトカラーのタイプであって、見た目は全く対照的。が、いずれもアルバイトへの作業時の指示は厳しいものの、どこか面倒見の良いところが感じられ、休憩時間に何かと声をかけてきてくれる点からも、貫多は段々に彼らに好感を持ち始め、殊に服部に対しては、初日に秘かに抱いた不快が何んとも申し訳なく思うようにもなっていた。

そして彼らの下には二人の社員と、貫多を含む五人のアルバイト（うち、貫多以外は大学生）がつくのだが、この他にはもう一方の〈植木部〉と云うのがあって、ここには三名の植木職人の老人が常駐していた。

つまり、剪定の仕事がないときには造園の土方仕事の方にも駆りだされるわけだが、このうちの久米と云う、六十代にはなっているであろう老人は、背丈が百八十センチを優に超えた、常に頭にハンチング帽を被っているなかなかの伊達男で、余り無駄口は叩かぬが、何かいかにもこれまでに一通りの遊びをやり尽くしてきたような、或る意味鼻につく風情を醸し出していた。が、それでいて、時折ひどく猥褻な冗談を耳元で唐突にささやき、こちらの表情を確かめてニヤリと笑うような面白さもある。

あと二人の今戸と沖山と云う、やはり共に六十過ぎの職人は従兄弟関係にあるらしく、互いに相手のいないところでは「あのジジイ」呼ばわりし合う程に仲が悪かったが、周囲の者はその仲違いぶりを何か楽しんでもいるようで、確かに遠目に見ている限りでは、両者がしばしば露わにする子供じみた意地の張り合いや対抗心は、思わず噴き出してしまうような、或る種の妙味があったものである。

また、プレハブ建ての事務所の方には、中年の女性職員が一人と、堀田と云う、やはり服部や水沼と同年齢らしき営業の者があって、これはどうにもニヒルな顔立ちの美男で常にスーツ姿で通していた。

見た目に反して随分と細やかな気配りを持った人であり、入った初日の貫多にもフレンドリーな調子で話しかけ、軽口を叩く思い遣りを発揮してくれる。それ故、彼は忽ちにこの人のことが好きにもなった。

で、作業時間中に接するこれらの人たちの何か和気靄々とした雰囲気は、貫多がこれまでの日雇い人足等では知ることのなかったどこか血の通ったアットホームなものがあり、かつ、一種の連帯感と云ったものも感ぜられて、それが彼には妙に新鮮で、何やら楽しくなってきたと云うのである。

そうだ。アットホームと云えば、事務所の奥にある大邸宅には、垣之内の家族とその両親とが住んでいたが、この中にはいずれも垣之内とよく似た顔付きの、二人の小学生の女児と幼稚園に通っているらしき男児があって、これらの存在も、貫多をしてかの雰囲気を感知せしめる一要素となっていた。

朝なぞ、アルバイトの者が用具置き場でトラックに積む道具を揃えていると、ランドセルをしょってやってきて、おしゃまな物言いで何んやかやと話しかけてくるような懐っこさがあり、根が大の子供嫌いにできてる貫多も、その光景を一寸距離のあるところから眺めると、何がなし、柄にもなく微笑ましいような気分にもさせられてしまうのである。

またその朝の道具の用意は、スコップやチェーンソーやバッテリーなぞのものばかりでなく、〃お茶〃と〃お茶菓子〃と云うのも必ず含まれていて、これが件のアットホーム感を更に濃厚に漂わせるものでもあった。

何んでもそれは、はるか昔からの慣習らしく、午前十時と午後の三時には決まってお茶の時間を設け、どの現場においても、そして周囲に他の業種の作業員がどんなにいても、その時間になると一同一斉に手を休め、ブルーシートを拡げた上に円座し、ポットから紙コップに注いだ熱いお茶を飲み、芋羊かんやバームクーヘンなぞの甘いものをつまむのである。

これらは朝、邸宅の方にゆき、玄関先にて垣之内の矍鑠《かくしゃく》とした老母か、もしくは美人の奥さんに手渡してもらうのだが、その広い上がり口の正面に飾られた巨大な海亀の標本や、ツルツルの光沢を放つ木の床の奥でこちらを睨みつけている、鷹か何かの剝製は、いかにも百姓上がりの成金趣味をプンプン匂わせつつ、しかしそこからは人の家庭のあたたかさと云うのも垣間見られて、何か懐かしいような甘な気分にさせられるのだ。

これらの人々の風情や慣習や成金趣味をひどく目新らしいものに思いつつも、しかしながらそれを懐かしく感じるのは、或いはそれに、応接間にガラスケースをしつらえて、鳩のレース関係のトロフィーをこれ見よがしに数十個も飾ってあった江戸川の生家を連想したのかも知れないし、または住居続きの運送店の事務所の方で、二人の社員に玩具を持ってまとわりついていた彼自身の幼い頃の姿の記憶が、その用具置場のどこかの隅に、重なり合ったものであったのかもしれなかった。

そしてこのお茶の時間と云うのが、この会社の伝統習慣であることは先も述べたが、それは昼飯の時間もまた同様に頑なしきたりみたようなものがあり、これもまた貫多には大いに気に入るところがあった。

植木職人が時分どきに、剪定先の庭の端を借りて弁当を使う、と云う図はひどくサマになっているものだが、ここではその弁当持参を、造園部の方のアルバイトに対しても一様に義務付けていた。

どこの現場に行こうと、昼に連れ立って食べ物屋に入るような様《ため》しは一切なく、必ず車座、或いは分乗したトラックの座席で、各々が用意した弁当を拡げて食うのである。

これは土まみれ泥まみれの地下足袋や作業着姿でもって、その種の店に入るのは遠慮してのことらしかったが、根がなかなかのエチケット尊重主義にできてる貫多は、こうした〝日陰者の美学〟みたいな謙譲には大いに共鳴するところがあったし、また一方では実利的な面からも、それは大変に有難く感ずるものでもあった。

ヘタに、毎日ラーメン屋や定食屋に入って四百円も五百円も出費してしまうより、安い弁当を持参した方が経済的にははるかに助かるのである。

　これを一人だけケチ臭く敢行することなく、堂々と慣習の大義名分の下にやってのけられるのだから、まこと節約には打ってつけである。

　はな、貫多はこの造園会社への道すがらにあったコンビニで、一個八十円のおにぎりを三つ買っていたのだが、他のアルバイトの学生が毎日うまそうな日替わりの幕の内弁当みたいなのを食べているのに段々と羨ましさが募り、その者に売っている店の場所を教えてもらって、翌日は駅を出ると造園会社への道とは逆方向になる、商店街の方へ少しく進んだ、その弁当屋に行ってみたものだ。

　すると、かの学生バイトがムシャついていた幕の内は五百五十円もしたが、店先のワゴンにはドライカレーを詰めたパックが積まれており、これは一個二百五十円と、至極手頃なお値段。

　容器の中の、区切られたコーナーには鶏の唐揚げが一個入り、もう一方の隅には、桜漬けと小分け袋のマヨネーズが添えられてある。

　廉価に魅かれて、試しにこれを購めてみたところ、思いの外に味がいいので、以降は毎朝、昼食用にこの弁当を仕入れてゆくことに相成った。

　無論、量の上では全く物足りないに決まっているが、やはり新規蒔き直しを期したこの際は、できる限り、切りつめられるところは切りつめて行かねばならなかったし、どうで人足時にも日当から天引きされる、まずい箱弁一つで夕方まで働けていたのだし、それに比べればこのドライカレーの方がはるかに美味しいしで、一度気に入ると延々同じものを食べ続ける癖がある彼は、ここでもその持ち前の偏執狂ぶりを発揮したわけである。

その分、朝飯には駅構内の立ち食いで、二百二十円のたぬきそばでお腹を作ってゆくことを欠かさぬ日課としたし、例のお茶の時間に供される豆大福やドラ焼きなぞも、本来甘いものは苦手であったが、これも貴重な中間の補充食糧として、進んで頬張ることにしたのである。

で、これらの環境や、彼にとって甚だ都合の良いしきたりも、貫多をして次第にここを無二の良職場であるような気持ちにさせていったのだ。二箇月程度の腰かけでは、到底勿体ない話だ。

仕事での筋肉の使いかたの相違はまだ飲み込めず、対応しきれずにもいたが、これは続けているうちにはいずれ自然と修得できるはずである。

それに考えてみれば、連日乃至《ないし》数日おきに、その都度異なる現場に赴くことは、これは変化に富んでいる分、気持の上でえらく救われる面もあろう。

埠頭の一つところで同じ物をひたすらに積み替える作業や、工場内で朝から晩まで巨大な機械のアシストに従事する際の、その流れる時間の遅さの苦痛に比べれば、陽光の下でスコップを突き刺し、ネコ車を押して泥まみれになっている方が、精神的には断然に楽である。

いずれ週払いを止められるのは、不安であり不満でもあったが、しかしそれも何度も云っているところの、新しく生活を立て直すと云う、その目標の弊害となり得る従来の悪循環を断つ上では、案外に良いきっかけになってくれるものかも知れない。

またその点は、まずは今の週払い制度のうちに徹底的に節約し、取りあえず一箇月を凌げるだけのものを蓄えておけば、結句問題のない話ではあろう。

それに節約と云えば、有難いことにこの造園会社のプレハブの一隅には、一人用の狭いシャワー室が設けられていた。

作業上がりに使うことを許されるのだが、他の社員や職人は当然家に風呂もある為、殆どこれを利用することはなかった。だが貫多は初日から早速に希望し、以降、連日にわたり使用さしてもらっていた。

無論、銭湯代わりとしてである。

そして実こそこれが、貫多にとっては何よりも救われ、何よりも助かることだったのだ。

元より、一人暮しを始めてこのかたの彼は、そう小マメに銭湯に通っていたクチではない。そこにゆくのは、冬場はせいぜいが十日に一度のことであり、真夏でも一日か二日置きのものであった。

人足時に冷凍のタコやイカを抱っこし、体中にイヤと云うくらいに魚介臭が沁み込んだところで、帰室後も平気でその状態のままでいることも珍しくなかった。

煙草銭と酒代はどうで削れぬ以上、畢竟、節約の最たるものは銭湯代となるが故の、致し方のない流れのものでもあったが、これがかような設備をロハで使えるのなら話はまるで別である。本来の貫多は、根がひどくデオドラント志向にできた男なのだ。

しかも、シャンプーと洗顔石鹼、ボディーソープなぞまでが完備されているから(これらは、余程汚れたときに限って、たまさかに利用する服部の私物であったようだが)云うことがない。

だからこうなると、尚とますますもって、当初に僅かに抱いた嫌悪感と腰かけ気分はどこへやら、貫多はこの職場をあらゆる意味で、何かこう、かなり得難いものに感じてくるのだった。

四

ところでその貫多は、作業を終えて帰路につくと、まずは駅構内の立ち食いスタンドにて、春菊天を載せた三百円のおそばをすするのが、その〝夜の部〟での習慣と化していた。

そしてひとまずの空腹を塞ぐと、そのまま電車に乗って桜木町に戻るのだが、改札を出ると繁華街とは真逆（と云う語はないが）となる、高架線に沿った薄暗い国道の方に歩を踏みだすのが、その定まった帰宅コースとなっていた。初手の宿探しの際には迂回した、例の殺風景な通りである。

これは最初の一週間分の給料を貰うまでは、予定外の出費がまるで出来なくなっている状態の貫多にとり、或る意味為ともなり得る、寂しく荒涼とした道行きだった。

頭上に響く電車の轟音に耳朶《じだ》を震わせ歩いてゆくと、傍らに続く煤けたコンクリートの壁面には、やけにアート風なスプレー缶による落書きが、果てしなく延びている。

行きかう車のヘッドライトが、恰も微弱なサーチライトの役をもて、それらを闇に浮かび上がらせるのを横目にしつつ更に進むと、やがて左手に急勾配な紅葉坂の上り口があらわれる。

そこでもって貫多は国道を横切り、神宮の鬱蒼とした杜からの冷んやりとした匂いを感じながら、その急峻な坂を俯いて上がってゆくのである。

頂きにのぼりつめると、さしも体力には自信のある彼も、それまでの生活の中でかような規模の坂道は身近になかった故もあり、一寸足を止めると、僅かに肩を波打たせて思わず一服つけるのも、ここ数日来ですっかりと習慣付いてしまっていた。で、ここまでの十数分かけての道のりの中で、明かりを灯す店舗の前は、ただの一軒も通り過ぎないのだ。その種のもの自体がないのである。

すれ違う人も、滅多にいない。

街灯も妙にまばらなので、尚と余計に物寂しい感じなのだ。

時刻は、まだ七時になるやならずのはずだったが、夢魔の世界のそれのように、余りにも彩りのない風景である。

が、この彩りのない景色こそが、そのときの貫多には存外に為にもなっていたと云うのである。

彼とて、折角にこの地に転室してきた以上、すぐにも伊勢佐木界隈をうろつき、新たに色々と探訪したかったが、如何せん、それに先立つものが皆無である。お銭《あし》もないのに繁華街に行っても、何一つ楽しいことなぞありはしない。逆にフラストレーションを感じるだけである。それだったら探訪は最初の週払いをもらってからのことにした方が、断然いいに決まっている。

なので、浮世に思いを絶った心境で無人の国道に歩みだしたのち、その頂きに出るまで見事に彼の里心を刺激するものが何も存在せぬと云う、この帰路のコースは、根が目先の誘惑に眩みやすく、極めて意志薄弱にもできてる貫多にとっては、その実まことに幸いなものでもあったのだ。

息を整える為に吸っていた煙草を足元に落とし、一寸振り返ってみると、眼下のはるか向こうの港の闇には、埠頭のオレンジ色のライトがそこだけ人工的に浮かび上がっている光景も、早くも常通りのこととなっていった。

そしてそこからは右に折れ、通りに沿ってのゆるやかな坂道を下りてゆくのだが、その途中には一軒の、割合に大きな酒販店がある。〝リカーショップ〟との、青い電飾看板を掲げた、ごく最近に内装を新しくしたような店構えだったが、そこがその付近でのコンビニ的役割を担う唯一のストアであった。

夜、十一時になってこの店が閉まれば、辺りにはその数メートル先にある銭湯と、一軒の小さくて、見るからに貧乏臭い小料理屋以外に、目につく灯りは見当らない。

貫多はその、現時点で知るところの、ただ一店の食料調達場で、見切り品のまぐろフレークの缶詰めと、三十円引きになっているカレーパン三個、それに袋入りの即席ラーメンを一つ購める流れを、入室した日の夜以降、一日欠かさず繰り返していた。しめて三百四十円也の、晩酌の肴と晩飯である。

この他に、二日に一本、宝焼酎の一升壜を仕入れたが、これは彼にとり、どうしてもなくてはならない、たった一つの楽しみだったし、また十五歳の頃から、彼は酒を飲まないと肉体的にも精神的にも疲れが消えぬと云う、一種の自己暗示から脱け出せなくなってしまっているが故の、その必要措置でもあった。

それらの品々が入った紙袋(食品類に関しては、そこはいわゆるレジ袋ではなく、当時でもすでに珍しくなっていた、茶色の紙袋をまだ用いていた)を抱え、足の下を京急の電車が通過する小橋を渡って更に五、六分も歩いてゆくと、車一台通るのがやっとぐらいな道幅の、狭小な住宅地に紛れ込むかたちとなる。

二階建ての中流住宅と、木造の平屋や朽ちかけた空き家が混在した、雑然たる家屋密集地である。

その路地の一つの、コの字を伏せた形の右側になる取っ付きのところに、貫多が新しく借りたアパートの入口があった。

隣りの、同じくトタン張りの二階家は人が住んでいる気配はなく、突き当たり正面の仕舞た屋も、すでに無人となっているようだった。

この路地自体は私道らしく、凹凸のある砂利道には、幾分水気も失った夏草が、未だそちこちに繁茂の名残りをとどめている。

コンクリート板で代用した、三枚の敷石を隔てた先に立ててある、古臭い磨り硝子の嵌まった引き戸は居住者専用のもので、上がり框の正面は、いきなりくすんだ白塗りの壁が塞がっており、その奥なる家主の旧住居とは、そこでもって完全に遮断されていた。

上がってすぐ左は、汲み取り式の共同便所。そして右手には二階へと続く、やけに薄暗い階段が伸びているが、薄暗いのも道理、この家屋内の共有スペース（と云う程、広くもないが）の電気は、玄関のところに三十ワットの裸電球が一個ついているきりである。

止宿人が、朝出かけるときにその電気を消し、夜、帰るとその都度点灯させる必要があった。

で、現在もっぱらこの役を担っているのは、現時ただ一人の止宿人であるところの貫多自身なのである。

二階にのぼると、まず手前に一つ、引き戸の上部に南京錠がかけられた空部屋があり、そこから廊下の四メートル程先の突き当たりが、貫多の六畳部屋である。これも隣室のと同じく、外側からは一枚の引き戸と柱の蝶番《ちょうつがい》に南京錠をかけて鍵となすタイプのものであり、内側は細い鍵手をかけるだけの簡便なものであった。都合、二室きりである。

貫多は部屋に入って、中央にぶら下がっている照明器具の、黒ずんだ布製のヒモを引っ張る。

薄闇に馴染んでいた瞳に突き刺さってくる、その蛍光灯のまぶしさは暫時目をしばたたかせるものがあった。この照明器具は元から部屋に備えつけの、四角い絹張りの覆いがあるものだった。

西向きにしつらえられた、格子を組み込んでいる二面の窓は、上部のみ透明な硝子が入れられており、その下の部分はすべて磨り硝子と云う、古風な作りになっていた。尤も、この古風とは単に古臭いとの意であって、そこには一切の情緒的なものは含まれない。

ここには家庭ゴミ集積所用の、黒の巨大なポリ袋を裂いて広げたものを縦横数枚つなげた上で、画鋲で止めてある。差し当たってのカーテン代わりの処置である。

不都合なことに、その窓の向こうには路地を曲がる手前のところに、付近では割合に小綺麗、と云うか、極めて普通な感じの二階建ての家があり、そこのベランダとこの部屋の窓とは、細い道を挟んだすぐ鼻先に向き合ってしまっている。

したがって、この目隠しは見た目は悪いが、自慰行為も連日欠かせぬ貫多には心おきなくリラックスタイムを楽しむ上での、絶対不可欠のアイテムであった。

で、その彼は、そんなにしてようように室内に大アグラで座り込むと、取りあえずトランジスターラジオをつけるのである。

それが唯一の賑やかしを得る方法であり、またこれがなければ、一寸こう、身の置き所もない寂寥感に襲われてしまう成り行きでもあった。

しかるのち、おもむろに読みさしの文庫本——主として古本屋の均一台で、カバーの取れたものを三冊百円也で購めてくる、その一冊を開く。

相変わらず、贔屓は角川文庫だったが、横溝正史や高木彬光、大藪春彦等の著作は、出ている分はすべて読み終えていたので、最早国内の推理作家のものなら手当り次第、と云うか古本屋で見つけ次第の塩梅で、畳の上に寝っ転がり、ひたすらに読み続ける。

最前から、またぞろ猛烈に腹は減っているが、この時間帯では、買ってきた食糧にはまだ手を付けない。

逆算して、翌朝の起床時間との兼ね合いの上に成り立った、その最適の時刻までひたすら我慢し、小説本に没頭するのである。

彼にとっての、そのベストの時間帯とは、十一時を少し廻った頃合のことである。このときを待ち兼ねて文庫本を閉じると、いそいそと流し台のところから安物のビールグラスを持ってきて、布団代わりのタオルケットをしくや、その上に腹這いとなり、耳はラジオに傾けながら、宝焼酎の水割りをチビチビと飲み始める。まぐろフレークと三個のカレーパンが、その肴である。

昨夜も、そしてまた一昨夜も、やはりこの同じ時刻に、まったく同じ肴によって行なった至福の小宴だ。

傍目には何んとも見窄らしくていじましい、不甲斐ない廃人的レクリエーションであろうが、しかし現時点の貫多には、これが唯一の楽しみであり、無二の心の慰めとなっているものであった。

宝焼酎は、一回につき、そのビールグラスに半分程を注ぐ。氷はないから、一杯飲み干すごとに起き上がり、傍らの流し台から、直接水道水を汲み足す。

これを五杯飲むと、大層気持ちが良くなってくる。そしてそこから更に一杯ずつ重ねてゆき、決まって八杯目に至って、もう充分と云った態《てい》になる。一升壜の、三分の一強程度の量であろうか。

こうなると、体の疲労と相俟っての眠気がトロトロとやってくるのだが、しかし彼は、まだ眠るわけにはゆかない。

その前に、そうした眠気をはるかに凌駕するところの、とてつもない空腹感に、先刻から激しく苛まれているのである。

なのでまた起き上がると、のこのこ流し台のところに行き、これもはなから据え付けの、マッチの火を移して点火するタイプの古いガスコンロの上に、水を張った手鍋をかける。まだ百円ショップ等のない頃の話だから、この手鍋と一個のどんぶりを購入せざるを得なかったのは、実際かなりの痛事であったが、安上がりに腹を満たす為には何んとも致し方がないところではある。

で、そしてやっとのことに晩飯たるサッポロ一番をすすり終え、僅かに空腹が紛れたその間隙をぬって、そこでようやく眠りに就くのである。

すでに入室の初日から、小便に限っては流し台の中に放出するようになっていた。レッキとした、水洗方式である。

いかな小学五年時までを汲み取りスタイルの後架で育ってきたとは云え、さすがに今、改めてそれに跨がるのは当初の予想に反し、かなりの度胸を要するものであった。

何しろ便壺の中は、それまで全くのアカの他人が落とし続けた排泄物が堆積しているのである。

その暗穴より立ちのぼってくる匂いも大概だが、うっかりお釣りでも貰った日には、風呂もない現状だけに、どうにも耐え難い事態となってしまう。

かてて加えて、その便所の薄暗さと、そこに辿り着くまでに通らざるを得ない、無人の家の階段の不気味さは、成人近い大男の彼をしても、何か幼少回帰よろしくの、ムヤミな臆病風を吹かせるのに充分過ぎる恐怖感があった。

それだから、彼はなるべく大便の用は、朝目覚めるまで我慢し、かつ、出来る限り駅のトイレを使用するようにもしていた(尤もこれはその後、火急の必要に迫られて真夜中に駆け込んでしまったのをきっかけに、日を経るにつれてどの時間帯にも普通に使うようにはなったが、その度に感じる、何んとも云えぬ厭ったらしい思いは、終始払拭することができなかった)。

就寝時に、蛍光灯とラジオを消すことはなかった。やはりこの室においては、暗闇と静寂を極力避けたかったのである。

またラジオは、この数年来腕時計はおろか、一切のその種を持たぬ彼には時刻を知る上での必要もあった。聴く局の番組は一定化しているので、どのコーナーが始まれば、今は何時の何分であるかはおおよそ知れた。大したもので、長年その習慣がついていると、目覚し時計がなくても起きるべき時間になると自然に頭と体が反応するのである。

開け放った窓から、時折黒のポリゴミ袋の裾をはぐって流れ込む、晩秋の夜風は冷やりと心地の良いものだった。

長かった、暑さの寝苦しさよりすっかり解放され、貫多の眠りは一層深いものになる。

それだから、彼の朝の目覚めは、この地に移ってこのかたは甚だ爽快であった。

マラの朝勃ちがおさまるのを待ち、流し台の中に盛大に小便を放てば、昨夜摂取したアルコール分もすべて流れ出てゆく感じ。

そして水道の蛇口を捻ってタイル張りの便器を洗浄したついでに顔を洗い、歯も磨いたのちに煙草をくわえ、貫多は再びタオルケットの上に横たわる。

以前のように、仕事に行こうか行くまいか、またぞろ思い悩むわけではない。

出勤時間の近付くまでを、単に手持ち無沙汰にしているだけである。

それが朝の七時頃のことだと、窓外から港の船の汽笛が聞こえてきた。

出航のものであるのか、はたまた何んらかの演出的なサービスなのかはてんで知ら

ぬが、その時間になると決まって四回響く、その非日常的な音を耳にすると、

（ああ、横浜だなア）

と、何やら旅愁めいたものがこみ上げてきて、それが根がムーディー趣味にもできてる貫多の心を、一寸気持ちよい感じに慰撫してくれるのだった。

そして貫多は時間が来ると、電車の中で読む為の文庫本のみを持って、アパートを飛びだすのである。

会社で貸与してくれた上っぱりと、中に着るTシャツは、職場に置きっぱなしにしていた。シャワー室でシャボンを塗りたくってザッと洗い、用具置き場の中に干して帰ることの許可を、服部より得ていたのだ。

なので垣之内造園に駆け込み、タイムカードを押すとまずそれを引き取りに行って、私服（と云ってもその作業着と大差ない、ヨレヨレのネルシャツだが）と着替える。下のズボンは、入って四日目のときに、服部が自分のお古のニッカボッカをくれたのでそれを穿くが、はな貫多はこのズボン裾の上に地下足袋を締めて、甚だサマにならない格好となり、〝土方ルックの初心者〟として笑われたものであった。

出勤五日目に当たる土曜日が、週払いの際の〆日であり、その支給は休日を挟んだ、月曜の作業終了後だった。

ようやくに待望の最初の現金を得た貫多は、その途端にすっかり気が緩み、その日はいつもの立ち食いそばは見向きもせず、急いで桜木町に帰り着くと、すぐさま帰路とは逆方向に足を進め、まずは駅前の味のいい中華料理店で、熱いワンタンチャーシュー麺を夢中ですすった。

で、そののち伊勢佐木町の方へと歩いてゆき、途中でのぞき部屋があるのを見つけると、とあれ頑張った自分へのご褒美として中に入り、三千円の追加オプションを払って、久方ぶりに頭の悪そうなギャルのベタ甘い髪の香りに噎せ返りながら、手でもって激しくシゴき立ててもらう。

そして大層スッキリしたところで、二、三軒の古本屋をゆっくり見て廻り、五百円のゾッキのエロ本を、あれこれ選び迷った挙句に二冊だけ購める。するうち、また小腹が減ってきたので黄金町へと足をのばし、古びた大衆レストランで生ビールを飲み、カツライスを食べて、さてその店を出たと同時に、次はどこで何を腹に入れようか、いかにも幸福そうな顔で思いを巡らすのだった。

結句最後はおでん屋で、お刺身まで取ってコップ酒を飲み、その夜だけで合計一万五千円も費《つか》ってしまったが、かくなる上はまた明日からは、昨日まで実践していた俄か節約生活を、しっかりと経《た》ててゆかざるを得ない。

だが貫多は、今回のこのスタイルこそが、完全に正解のものであるとの自負があった。

即ち、週六日間をきっちり働いた上で、その間に一回だけ小豪遊をし、そしてあとはまたつましい倹約生活に徹するのである。

三箱の煙草は不可欠な為に、どうしても日に二千円は必要だが、しかしそうすれば週四万二千円の収入のうち、支出は一万四千円だけで、あと二万八千円は残ることとなる。うち、一万五千円を週一回のお楽しみの小豪遊代として費い、残金一万三千円から、まずは四千円を室料の為の積み立てとして手を付けずに取っておき、そして九千円の方を別途貯金するのである。

これとて、月にすればその貯金額は三万六千円にもなってくれる。一回のソープランド費用には充分過ぎる額だ。

まことに完璧な、お金の配分バランスである。

だから貫多は、この計算が向後も決して頓挫する憂いのないまま、自分の新生活のスタイルとなることには有頂天となった。現にこの一週間、その通りのことができているのだ。この先も、それが続けられない理由があろうはずはなかった。はな目論んだ新規蒔き直しも、これなら案外に容易いものだと思ったし、何故こんな簡単なことが今まで出来なかったのか、何やら過去の自身の怠惰さが不思議にすら思えた。

それ故貫多は、翌日からも俄然かの〝土方仕事〟に精を出し、二週間目も見事に全日出勤を果たして二回目の給金を手にしたが、それに際しては二点ばかりの反省点と云うか、爾後改善を要すべきところに気付きもした。

一つは、小豪遊は日曜日に行なうと云うことである。折角に桜木町付近に居を移しながら、週替わりのニュース劇場で三本立てを眺めずにいるのでは、ちと慊《あきたりな》い。夜に入ったのでは、三本目の途中からしか観られないのだ。なのでこれは、支払い日の当日での贅沢は我慢して、次の日曜を待つことで解決としたが、問題は、今一つの方である。

珍しく計画性を持って、自らの生活スタイルを新たに確立しようと云うのに、従来通りに少し金が貯まるそばからこれを買淫代に充てる流れには、ふと虚しい思いも生じてきたのだ。

無論、それは彼にとって大切で必要な出費ではあるのだが、しかし仮りに今、自身に恋人がいたならば、何も一回二万五千円もの大金を使うがものはないのである。

貫多とて、別に買淫でなければマラが勃たないわけではない。黄白を介在させなければ性交の醍醐味を堪能できぬと云う、風雅な趣味を持つものでもない。

それでいて、長年淫売婦でのみ性欲を解消し続けている理由は、偏に普通の女と普通に知り合うきっかけがないが為のことである。

十七歳時の、例のあのジャガイモ女以外、いわゆる素人娘とは肌を合わせるはおろか、口を利く機会を得ることすら絶えてしまっているのだ。

だから貫多はこの際、その辺も本腰入れて軌道修正を図ろうと云う気になった。

当初は生活の立て直しで頭が一杯だったが、そちらはどうやらうまい具合に理想のかたちに乗せた今、次に為すべきことに早くも着手しようと云うのは、根が怠惰な彼にしては大変に前向きな進歩でもある。それは中卒、性犯罪者の悴《せがれ》と云う引け目は消え去りようがないにしても、だからと云って彼にも青春の果実の一片を囓る権利はあるはずだ。十九のいい若い者が、ただ働いて、夜は虚室でマスをかき、一人チビチビ晩酌をしてその日を終える繰り返しのみとあっては、余りにも侘しい話である。

やはりこれは、生活立て直しの実践の維持と共に、早急に実行に移す必要があった。

そしてこの思いを更に強固なものに促したと云うのは、その週末の日曜のことである。

先の改善点の一つとして、新規に定めた豪遊日ともあり、貫多はこの朝、十時過ぎに目を覚ますと実に勢いよく飛び起きたものだった。

そして早速に出かけるべく、例によって流し台に大量の尿《いばり》を放ち、しかるのちカーテン代わりのポリゴミ袋をはぐろうとして、すぐにそれから手を放した。

細い道を挟んだ向かいの家のベランダに、人の後ろ姿があったのである。かつ、それが若い娘であるらしいことに、貫多は反射的に身を隠すような成り行きとなってしまった。

で、一呼吸入れてから、今度はごく僅かにポリ袋をめくり、昨夜来より開けっ放しになっている窓の隙間に目を当てて、その方を何か窃視するみたいにして窺い見ると、五メートル程の鼻先に立っているその娘は、明るい茶髪をポニーテールにし、水色のトレーナーにジーンズと云う出で立ちで、こちらにお尻を向けている。

当然、貫多はこれに熱い視線を注がずにはいられなかったが、ややあって確認し得た、明らかに彼と同世代と覚しきその娘の面《おもて》は、取り立ててどうと云うこともなく、至って十人並み然の容貌ではあるものの、しかしこれは彼にとり、かなりの衝撃ではあった。

掃き溜めに鶴、ではないが、こんな貧民窟みたいなところに、かような娘が普通に起居していたとの驚きもさることながら、それ以上にとてつもない衝撃だったと云うのは、その娘はこのとき洗濯物を干していたのだが、やがて先方が手にし、軽く叩くようにしてから洗濯ハンガーのピンチに挟んだのは、自身のものらしきレモンイエローのショーツであり、これに根が敏感体質の貫多は、いっぺんに股間の先にジワリと疼くものを感じてしまった。

そしてかの娘は、次々と該ショーツとお揃いのブラやら、肌色のパンストやらを干し続け、向かいのボロアパートの窓の妙なゴミ袋の陰から、それをホットな視線で見つめる貫多の存在には全く気付かぬ様子で干し終えると、空になった洗濯カゴをかかえて室内へと入っていった。

と、同時に貫多も袋の陰から身を離し、とりあえず室内を興奮した犬のようにぐるぐる廻ってから、再び窓辺に寄って、その方をもう一度盗み見る。

いろんなものがひっ付き、かつ、沁み込んでいるにも違いない、かの同年代の娘のパンツは、これはまこと目にも鮮やかであり、女陰の複雑怪奇な香りの象徴みたいな風情を漂わせてもいた。

バカな話だが、貫多はマラを固く膨張させつつ、その方を暫くじっくりと眺めていたが、やがて徐々に興趣が薄れてくると、俄かに自らの稟性《ひんせい》が情けなくなってきて、目を離すと軽く首を振った。

しかし、この突如目にした光景によって、彼はしみじみと、そしてつくづくと、あの手のレモンイエローのショーツを穿いた普通の娘と、普通に交際したい思いを改めて強く感じたのである。

五

貫多のその造園会社でのアルバイトは、早くも三週目に入っていた。

すでに暦も十二月となり、この時期は葉がすっかり落ちて裸木となった街路樹の、夏の間に延びた枝木を切る仕事が立て込んでいるらしく、貫多は丸尾と云う古株の学生アルバイトと共に、その週はもっぱら〈植木部〉にくっ付くかたちとなっていた。

久米や今戸が老齢にも似合わぬ俊敏な身のこなしで木に登り、ノコギリで切った枝を通行人に当たらぬように手渡されたり、拾ったりしてトラックの荷台に積み込むだけの、至ってラクな作業である。

で、昼食の時間には自然とその二歳年上の丸尾と会話をするようになったが、横浜市内の私立大学の二部に通っているとのことで、成程夕方五時になると残業もせずに、一人だけ引き上げていく姿はこれまでにもまま見受けられたが、基本的には、今はアルバイトを優先しているそうであった。

真面目な性格らしく、作業に関しても何かと積極性を発揮し、普通免許も取得済みなので、垣之内からは社員になるよう要請されているらしいが、それについては、「せっかく大学にまで入って植木屋に就職したら、親に殺されるしな」と、笑顔で言ってのけるイヤらしさも持ち合わせている男である。

貫多は、自分と年齢が近い者の中ではこの丸尾と、社員の津野田と云う二十七、八の、豆タンクみたいな体格をした坊主頭の男が、何んとなく苦手だった。

この者たちはすでに仕事のコツを心得、何事につけやたらにテキパキとこなすので、必ずしも十全に役に立っているとは言えない、いわば見かけ倒しの貫多にはどうも内心苛立ってもいるようで、殊に津野田は彼に向ける言葉や態度の端々《はしばし》に、それが露骨にあらわれることも幾度かあった。

そうなると貫多の方でも当初は萎縮していたものの、段々と腹が立ってきて、

(こんな土方仕事で、何をえらそうにえばってやがんだ。プロフェッショナル気取りか。馬鹿が)

との反感を抱き、ひそかに見下し返していたが、しかしこれは、この職場にアット

ホームな思いを寄せていた彼には、些か鬱陶しく、もの悲しい感情ではあった。

だが一方で、やはり二歳上の梅野と云う学生アルバイトには、ひどくインチメートな親しみが持てた。

梅野は学校との兼ね合いで、週に二、三度しかやってこなかったが、すでにここでは二年近くも続けているらしかった。

栃木の出身とかで、どこかのんびりと云うか、要領の悪い鈍重さがあって、そのいい年をしてニキビだらけの田舎臭い赤ら顔は、いかにも与し易そうなトロくさい印象もあった。

が、貫多に対しては、梅野の方では何か同類とでも思っているのか、何かにつけフレンドリーな表情を浮かべて話しかけてくるし、またそれがひどく大人と云うか、寛容な態度での接しかたでもあったので、彼の側でもこの梅野に対してだけは、他の者が〝ウメちゃん〟と呼ぶのに倣って、親愛を込めて〝ウメさん〟なぞと呼んでいた。

そして作業が終わると大抵の場合、駅まで一緒に帰ったが、根が友情乞食にできてる貫多は、もっとこの梅野と親睦を深めたいと考え、一度思いきって居酒屋行を誘ってみたところ、

「飲みたいけど、金がない」

とポツリと言い、一日二千円で生きることを信条化していた貫多も、そのときは奢ってあげられるまでのお銭《あし》を持っていなかったので、互いにしょげて項垂れる格好となった。

しかし梅野が言うには、この会社では毎月第一週の土曜に食事会と云うのを行なっており、終業後に二階の事務所に集まって、近くの中華レストランから取り寄せた料理で一杯やるのが恒例とのこと。無論、その費用はすべて垣之内が出してくれるものらしい。

「俺は毎月、その日は必ず出るようにしてるけど、ちょうどもうすぐ……しあさっての夜がそうだから、そのときにタダ酒を飲もうぜ」

と、梅野は屈折したような表情で笑みを浮かべたが、これが初耳だった貫多は、またもや出てきたこの会社のアットホームな慣習に舌を巻きつつ、無料で鱈腹飲み食いできるその行事を、途端に大いに心待ちにしてしまったものである。

で、翌々日の金曜になって、かの会の参加の如何を中年の女性事務員から聞かれた貫多は、当然二つ返事でこれを希望し、そしてその当日、アルバイトを含めた総勢十五人が打ち揃っての件の小宴を、初めて体験する流れとなった。

事務所内の入口を上がったところのやや広いスペースに、折りたたみ式の会議机を二列に並べ、そこに半数ずつが肩をくっ付けるようにして向き合って座り、垣之内と堀田、それに事務の中年女性は自らの机につくのである。

料理の調達先の店主は、垣之内の小学校時代からの友人だそうで、その山のように盛られた餃子や春巻、エビチリや酢豚等、八種類程の大皿は、店主自らが一人の助手を従えて、ライトバンにて運んできた。

これらの品をちらりと瞥見した垣之内は、

「あいかわらず、まずそうな色をしてるなあ。安い工業油を使うのは、いい加減によせ」

と、薄い唇をひん曲げてつまらぬことを言い、そして店主とバカ笑いし合うのである。

卓上にはこの他に、垣之内の母親が用意した、自家製の白菜の漬け物を盛ったどんぶり鉢が三つ置いてあり、酒は一ケースの壜ビールと、三本の菊正宗の一升壜、それにサントリーレッドが二本あった。

大食らいの貫多は、やはり同様に常に腹が減っているらしい、隣りに座った梅野と共に、これらをひたすら飲み食いしたが、その様子に気付いたはす向かいの服部は、

「なんだ、北町くんは普段は量の少なそうなカレーチャーハンの弁当ばっかり食って

るんで、てっきり小食なのかと思ってたら、全然違うんだな」

なぞ言い、目を丸くしてみせる。

「はあ、ぼく、平生は底なしです。食べても食べても腹が減るんで、もうキリがないもんですから、お昼はあれ一つで我慢してるんです」

貫多が答えると、部屋の奥の机のところから垣之内の、

「おう、食え食え。職人さんの長老たちは飲むばっかりで、料理にはほとんど手をつけないからよ。いつも少し余るからもったいないんだ。お前とウメとで全部最後まで片付けてくれ」

との胴間声が聞こえるので、一寸その方に顔を向けると、先方でもこちらにピタリと視線を据えている。

そして薄い唇の間から、やけに真っ赤な舌をゆっくり伸ばしてゆき、箸でつまんでいた漬け物を、カメレオンの捕食よろしく巻き取るようにして頰張るので、その不気味さに貫多が思わず目をそらすと、垣之内は更に続けて、

「けどよお、北町もあれだな。入ってそろそろ三週間になるのか。まあ、ちゃんと続いてる方だよな。えらいもんだ」

何やら気を遣ったようなことを述べてきた。

と、これを聞いた服部が垣之内の方を振り返り、

「確かにそうですよ。結構、彼は頑張ってやってくれてるんですよ。まあ、最初の日に根っこ掘りでバテたときには、これは一日で辞めてしまうんじゃないかと思ったけど、次の日もちゃんと来てくれて、だんだんといい戦力になってきてますよ」

なぞ貫多に花を持たせてくれていると、服部の二つおいた左隣りにいた水沼が、これはアルコール類に弱いのか、早くも少しロレツを乱しながら、

「いや、戦力なんてのはまだまだですよ。そんなのを認めるのは、まだまだ先の話ですよ。ツノさんや丸尾くんが彼の分まで体を動かしてくれているから、今のところはなんとかなってるだけですよ」

割って入ってきて、反論する。

で、貫多に向かって、

「あのさ、初日にネを上げたその次の日に、注水の方に回してもらっていただろう。あれは服部さんと俺が相談して回してやったんだけどね。でもあんなのは、本来はパートのおばちゃんの仕事なんだよ。前はいたんだ。注水のときだけ来てもらうおばちゃんが。仕事自体あまりないから、今は断ってんだけどさ。北町くんがあれをやってるとき、丸尾くんや後藤くんは同じアルバイトなのに君の分まで根掘りしてたんだか

ら、それはよく覚えといた方がいいぞ」

妙にねちっこい感じで言うのだ。

これを聞くと貫多は、水沼もまた、自分のことを余り心良くは思っていなかったのかと些かショックを受け、そうなると根がイジけ根性にできてるだけに忽ちにして気持ちが歪んで、それまで調子よく動かしていた箸もピタリと止まった。

すると、いつの間にか奥の机から移動してきて、久米の横の席に陣取っていた堀田が、

「大丈夫だよ、水沼さん。北町くんはちゃんと分かってるよ。だからそれからも、一日も休まずに出てきて、初日の汚名返上に励んでたじゃない。ちゃんとチームワークというものを心得てるよ。大した根性だ。なあ、久米さんよ。社長もそう思うでしょう?」

取り成すようなことを言って、廻りの同調を求めたのち、

「それより、ツノ。おめえ、ここんところバイトが増えたからって、ずいぶんと楽をしてるそうじゃねえか」

と、社員の津野田に冗談ぽく笑いかけ、話題を逸らしてくれる。

貫多は、この堀田の助け船のような言には大いに救われた気分になった。殊に、そ

の〝チームワーク〟と云う、これまでの彼の人生にはまったく縁のなかったものに、この職場では自分もそれを形成する一員と云う風に言ってもらえたことが、何かひどくうれしくもあった。

だからこれによって、最前の水沼のイヤミをすっかり忘れた彼は、手にしていた小皿のシューマイに、再び上機嫌で箸を突き刺すのである。

そして七時前に始まったこの食事会は、お開きは十時きっかりと、これも長年に亘って例外なく決まっているらしく、その時間が近付くと、希望するものには最後に麺やご飯ものを追加注文してあてがってくれるとのことだった。

で、老職人を除く全員が、それぞれ天津飯だのカタ焼きそばだのを新たに取り寄せたが、それが届くまでの間に更に水割りのグラスに口をつけていた垣之内が、ふと思いだしたみたいにして、

「そうだ。お前らにいい知らせがあったんだ」

と呟き、一同の顔を白眼がちの目でねめ廻したのち、

「特によ、若手連中にとってのいいことだな」

思わせぶりに付け足して、薄く笑みを浮かべる。

と、これにそれまでグイグイとウイスキーを飲みながらも、殆ど喋らなかった職人

「年末にかけて、これから毎日毎晩残業になるとか言うんだろう。恭ちゃんのいい知らせなんてのは、全部会社の利益に絡んだことばっかりだからなあ！」

茹で蛸みたく真っ赤になった顔で叫び、一人で含み笑いを洩らす。

先代である、垣之内の父親が現役の頃より出入りしている久米や今戸、沖山なその職人連中は、垣之内を名前の方で呼んでいた。

「違うよ、久米さん。俺もう、そんなに金稼ぎにはアクセクしてないよ。子供が三人とも大学を出るまでは、なんとかここを潰さないようにとは考えてるけどさ。そうじゃなくって、あさってからよ、女の子の事務員が一人来ることになったんだよ」

「へえっ、本当ですか。それは確かにいいニュースですね。でも、なんでまた急に」

垣之内から特に目をかけられている感じの津野田が、すぐさまこれに反応し、豆タンクのような体を実際に前へ乗りだすようにしてみせる。

「このあいだからよ、もう一人事務で手伝いが要ると思ってたんだけど、なかなか人が見つからなくってな」

「えっ、これまで募集とかしてたんですか？」

「してたんだよ。お前らには言ってなかったけど、ちゃんと女性用の求人雑誌に広告だしてな。そしたらよ、なんかおととい、働きたいって子が現われてよ」

「いくつの子ですか？」

津野田は、更に身を乗りだしてくる。

「それがお前、十九歳のわりとかわいい子なんだよ。高校出てから、これまでフラフラしてたとか言うんだけどな。長く勤められるところを探してたらしいんだよ」

垣之内がどこか得意そうに言うと、今度は堀田が、

「でも、そんな若い子が、なんでまたよりにもよって、うちに来る気になったんですかね」

と、酒が入ってもニヒルな顔付きは崩さずに、不思議そうに呟く。

「いや、それが結構ハッキリものを言う子でよ。うちの給料がいいのが気に入った、みたいなことをストレートに言うんだよ」

「えっ、そんなにいい給料払うんですか？　いくらぐらい？」

津野田が急き込むようにして再び口を挟むと、

「それはお前……そんなのは、具体的には言えねえよ」

垣之内は、うれしそうに相好を崩す。

そしてそこに、丸尾や古株学生バイトの嶋本と云うのも参入し、やれ名前はなんて

いうんですか、とか、やれどこに住んでいるんですか、とか、芸能人でいえば誰に似てますか、とか、代わるがわるに垣之内に質問を浴びせる。

「社長、履歴書の写真、見せて下さいよ」

「なに言ってんだよ、そんなの見せられるわけないじゃんかよ」

「お願いしますよ」

「なに言ってんだよ、そんなのプライバシーの侵害に当たるじゃんかよ」

「じゃ、住所とか電話番号とか、他のとこは紙とかあてて隠して、写真のとこだけを見せて下さいよ」

「ふーん、そんなに見たいのかよ。ならいいや、写真のとこだけなら公開してやるよ。よお、ちょっとあの子の履歴書持ってきてくれよ」

向かいの机のところに座っていた女事務員に命じ、やがて困ったような顔付きで手渡してきたその書類を、垣之内は本当に貼付けてある顔写真以外のところを茶封筒と指とでもって自ら隠し、このせいでえらく不自由そうな姿勢を取りつつ、

「おう、ツノ。こっち来て見てみろ」

と声をかけ、これに津野田や丸尾、嶋本と云った三、四人の者が一斉に席を立つと、飛びつくようにしてその垣之内を取り囲む。

が、貫多はこれの尻馬に乗ることができなかった。

興味がなかったわけではない。どころか、本当なら彼自身も、その〝可愛い〟らしい女に関しての基礎情報を得る為の質問の矢を、人一倍放ちたいクチではあるのだが、如何せん、彼は根が引っ込み思案にでき過ぎていた。

いかな先程、該職場のチームワークの構築を成す一員と認められたとは云え、イヤ、むしろそれだからこそ、入って日の浅い新参者の分際で、すっかり垣之内に馴染んでいるその連中と同じ態度でもって、これに燥《はしや》いでみせることは、まだ時期尚早のような気がしてしまうのである。

貫多の隣りに座っている梅野は、在籍の期間こそ滅法長いが、これは元来が沈着で慎しみ深い性格なだけに、

「そんなの、今、写真で見たってしょうがねえだろうよ」

いかにもつまらなさそうに呟き、どっしり座ったままで、何か同学年の者の、調子に乗った行動に眉を顰《ひそ》めている様子だった。

と、その垣之内を中心とした輪の中からは、

「おーっ」

なぞ云う嘆声があがり、貫多の心中には、より一層の羨望感が募る。

「な、かわいいだろ。週明けの月曜から来るからよ。でも、あれだぞ。お前ら間違っても、変なちょっかいは出すなよ。この子はうちに勤めに来るんだからよ。万が一にも、なんか気まずいことになったとかで、それで辞められたら困るしよ。俺は人のお嬢さんをお預りすることになるんだからな。頼むからその俺の顔に、泥をぬるようなマネはしてくれるなよ。うちで独身で、彼女もいないのは若手のお前らだけだから、これは前もって言っておくぞ。よし、向こうへ行け」

述べ立てた垣之内は、手でしっしっ、と云う具合に津野田たちを追い払って、そこでひょいと貫多の方に目をやり、

「おう、特にそっちのウメとか北町は、案外にムッツリスケベそうだからよ。今、言ったことは本当に頼んだぞ。色目を使うなよ」

と、失敬なことを口走る。

これに貫多は、余りの心外さにムッとして押し黙り、梅野の方は、

「なんですか社長。そんなことするわけないじゃないですか。俺らだって、ナンパ目的でバイトしてるわけじゃないんですから」

苦っぽく笑いながらも、少し抗議口調となる。

するとすかさず、横合いから久米が、

「そりゃそうだ。第一、そのお嬢ちゃんだってそんなに器量が良けりゃよ、男の一人二人ぐらいは当然いるだろうよ。そんなのに土方が言い寄ったって、どうにもならねえよ。あたしのアナルを舐めたきゃ生まれ直して、一流商社にでも入ってから来なさい、とか言われて恥かくだけだあ！」

なぞ、茹で蛸然とした顔で混ぜっかえして、一座は大笑いとなったが、無論、この一場の話は、垣之内もあくまでも酒席の戯言として持ち出してきたものに過ぎず、これに異様な食いつきを見せていた津野田にしろ丸尾にしろ、それは半ば座の空気に合わせた余興的反応であることは、貫多にも察しはついていた。

なので、新しく事務員が入ると云うそのこと自体、殆ど忘れた状態で、翌々日の月曜日に、彼はいつも通りにドライカレーの弁当が入ったレジ袋をぶらさげ、会社のプレハブの二階に上がっていったのである。

そして奥の机のところで、垣之内から何か指示を受けているその若い女の姿を見て、そこで改めて件の話を思いだしたのだが、一瞬チラリとこちらに顔を向けたその女は、やはり、そう取り立てて騒ぐ程の容貌ではなかった。

黒髪のショートカットで背は高かったが、瞥見した限りでは、せいぜいが六十点台と云ったところである。

垣之内は、別段貫多を紹介しようとする素ぶりもなく、一昨日に、その女について説明をしていたときとは打って変わった遠慮がちな物言いでもって、何か仕事の説明をしている風なので、彼はタイムカードだけを押すとそのまま下の作業員の溜まり部屋に降りていったが、そこに揃っていた他の者も、皆一様に平生と変わらぬ感じで、何んらその女の話題が出ることもなかった。

で、本来ならば、これはそれで終わる話柄なのである。

単に、ひと月近く前から働き始めたアルバイト先に、新たに若い女子事務員が入ったと云うに過ぎない話のはずなのである。

が、しかし――貫多はそれから日を経てるにつれ、次第にその女のことが気になってきてしまった。

はな、せいぜいが六十点台だったのが、一回見るごとに点数が跳ね上がり、やがて四日後には、これが彼にとっての百点満点の女神と化してしまったのだ。

即ち、その女――かの油井佐由加なる存在が、貫多のともすれば陰鬱に沈みがちな日々の暮しに、久しく射すこともなかった明るくあたたかい光りを投げ込んできたのである。

特に何かのきっかけがあったわけではない。単に見ているうちに岡惚れしたと云うだけのことに過ぎない。だが、恋に恋する感情に、俄かに激しく餓えていた彼にすれば、この忽ちに岡惚れするに至った展開は、或る意味そうなるべくしてなったとの観もある。

だから彼は、これを天恵の好機会のように思われてならなかった。かの職場において、その佐由加と同年齢の者は彼のみである。と、あらばこんなのは、互いに話し易く、かつ、くっ付き合い易いようにもできているものなのだ。

久米はしたり顔で、その恋人の存在を云々していたが、土台恋人がいれば、こんな男だらけのところでアルバイトをしようなぞと思うわけがないのである。第一、貫多の見る限りでは、佐由加はどうも恋人のいるような雰囲気でもない。それは同年齢である分、彼の鑑定眼の方が、老人のそれよりも格段に精度が高いはずである。なれば畢竟、貫多が交際に漕ぎつける確率も、更にハネ上がるのである。

そして悪いことに、彼はこう見えて、自らの容貌にはかなりの自信があった。根が甘い童顔にできてる彼は、己れのたまさかに覗かせる笑顔が、意外な程の爽やかさと、極めてハニーな温かみを有していることを、イヤらしい話だが自身、十全に把握していた。

もっともそれは、ここ数年来の生活環境の劣悪さから、多少その顔付きにも、ひずみが生じてきたきらいはあるが、それをもこの自慢の笑顔とのギャップとして武器となし、本腰を入れてアプローチをかければ、きっと大抵は成功をおさめるに違いない。何んと云っても彼は、頭の出来はともかく、顔には絶対的な自信を抱いているのだ。が、それに当たっては、やはり周囲の目もあることだし、いきなり馴れ馴れしく接していっては当然警戒もされ、上手くいくものもいかなくなってしまう畏れもあろう。

それだから貫多は熟考の末、佐由加に対しては、まずはデモンストレーション的に自らの存在をアピールすることから始める段取りにしたのである。

彼は自分がこの職場で一番の新入りであり、生来の謙譲体質や今一つ作業の要領を摑みきれぬ引け目から、これまでまるっきりおとなしくしていたことで、どこか他の連中に侮られている雰囲気を敏に感じていた。つまり、嘗められているのである。

なので、何よりも最初にこのマイナスイメージを払拭すべく、朝、事務所にタイムカードを押しにゆく際は、わざわざのくわえ煙草でもってゆらりと入って行き、佐由加を見ると、にっこり笑って明るく挨拶する剛柔の落差を見せつけ、また彼女の姿のあるところでは、すかさず地面に大アグラをかいて片足を浮かせ、地下足袋の小ハゼをきつく締め直したりなぞしてみせて、いっぱしの職人風を気取り、そして年上のアルバイトの者たちには、これまでとは異なる江戸っ子のべらんめえ口調を織り交ぜたもの言いで、いかにも彼我対等的な関係性の改正を試みたりするようにもなった。

或る朝は、例によって道具類をトラックの荷台に積み込んでいる際に、津野田が指示したのと違う長さのバールを持ってきた貫多が、これを軽く詰られると云う流れの一幕があったのだが、そこにたまたま佐由加が、服部か誰かを呼ぶ為にその場へやって来てしまった。

それだから貫多は、忽ちにして彼女の方に気を取られてしまい、この様子に津野田が、

「おい、聞いてんのかよ北町。なに横向いてんだ。俺はお前に注意してんだぞ」

と、えらそうに命令口調で言うのが、明らかに佐由加の耳へも届いていると判断するや、咄嗟にカラカラと声高な作り笑いを上げ、

「——まったく、ツノちゃんにはかなわねえな」

と、体面を取り繕うための大声でもって、初めて津野田をツノちゃんと呼び、これに荷台上の津野田が一瞬の驚いたような表情ののち、

「あ?」

と反応してきたのに、心底からヒヤリとする。

そしてその貫多は、早く佐由加がその場からいなくなってくれることを悃《じ》れるよう

に祈りつつ、更なる追及を避けるべく、傍らで怪訝そうな顔をして突っ立っている梅野へ積み荷に関する質問を早口にまくし立て、必死に話を逸らすのだった。

六

十二月も半ばとなり、垣之内造園の業務はますますその煩忙ぶりに拍車がかかっていた。

そして一方では、北町貫多の油井佐由加に寄せる恋心も、ますますそのホットな度合いを深めていたものである。

年末に向けて工期に追い込みをかけるのは、どの土木関係でも同様のことらしい。立てこむ建築現場や街路の植樹作業は連日途切れる間もなく、各員が複数の現場を掛け持って、二、三時間程度の残業は当たり前の状態にもなっていたが、この時期は一般家庭――と云うか、それなりの広い庭を持つ富裕層も、やはり自家の樹木を小ざっぱりした上で新年を迎えたいらしく、〈植木部〉の方の仕事も朝から夕方まで引きもきらぬ様相を呈していた。

なれば畢竟《ひっきょう》、一番下っぱのアルバイトたる貫多は、最も方々の現場を走り廻される次第にもなる。

即ち、朝一番に久米か今戸の老職人の尻につき、道具一式を自転車に括りつけられるだけ括りつけて近場の一般家庭の得意先へゆき、職人が剪定した枝を拾っては折り、葉を一枚残さず掃き集めてポリ袋に詰め、それが二袋になった時点で自転車の荷台にしばりつけると、いずれ廃棄場へまとめて運ぶことになるそれを、暫定的に会社の物置き場の横に積むべく五度も六度も往復し、そして昼前からはまた別の家庭に行って、同じ手順を繰り返すのである。

しかるのち、今度は垣之内から交通費を渡され、土方ルックの作業着姿のままで電車に乗り、〈造園部〉が半数ずつ、二手に別れたうちの一方の植樹現場へと向かって、そこで合流する。

そして夕方からは更にもう一箇所、照明機の用意してある現場でもって、コンクリートの枠組に囲まれた植え込みに等間隔に穴を掘り、すでに水沼がトラックで運んであった数百株のサツキを植えて土をかぶせてゆくことを、延々と行なうのだった。

これらは実務の面でも、また利益の点からも種々の事情があるらしく、一度にすべての工程——例えば、今述べた新規建築物の植樹の場合なら、はなの大がかりな土運び（これもその手の土の問屋のようなものが、ちゃんと存在する）、現場への流し込み、植える樹木の仕入れ（これもやはり問屋から入手する）、運搬、穴掘り、セッティング、注水を一気に済ませることはなく、大抵は三日ぐらいに分けて数箇所掛け持ちで行なう為に、どうかすると貫多や後藤なぞの新入りは、複数の現場を廻りながらも、結句《けっく》穴掘りばかりを繰り返す流れにもなっていた。

で、この俄かに負担の濃度を増した労務は、当然のことに根が高等遊民気質にできてる貫多にとってはなかなかの苦痛であったが、それは肉体的、精神的、または時間的なことばかりを指すものではなく、それ以上に彼の恋心の面でも、甚だつらいところを有していた。

そんなにして連日の残業を終えて、会社へと引き上げてきても、定時になったら上がってしまう佐由加の姿は当然のことながら、もう事務所内のどこにも見当たらないのである。

これが貫多には、何んとも悲しく、そして寂しいことではあった。

用具を所定の場所へと戻し、折角に全身土まみれの〝激しい労働を終えた、男の中の男〟然とした姿のまま、プレハブ二階の事務所にタイムカードを押しに行っても、そこにはスーツ姿の堀田か、たまさかにヘビみたいな顔をした垣之内が座っているだけであり、その彼らの、「おう、お疲れ」なぞ云う野太い声でのねぎらいの言葉は、むしろこの際はこちらの疲労感を、より煽ってくるものであったのだ。

したがって、貫多が佐由加に会える機会と云うのは、朝の集合時と、うまくすれば近場での剪定に廻された際の、その幾度もゴミ袋を戻しにくるときにチラリと見かける、極めて僅かな一瞬のことに限られたのだが、しかしそれが恋する者の健気さで、彼はそんな僥倖じみた邂逅でも、彼女に会えることは心底うれしく、かの刹那がありさえすれば、あとの長ったらしい就労時間も何んとか乗り切ることができるとの、バカな自己暗示にすらかかっているようでもあった。

そして終業後には、トボトボと俯いて帰路につきながら、あと十二時間も経てばまた彼女の姿を見かけることができると云う、その一事のみを希望とし、今、まさにクタクタに疲れきっている状態にありながらも、むしろ一刻も早く明朝の訪れんことを願わざるを得ぬと云う、何んとも云いようのない愚昧な感覚にも陥ってしまうのである。

以前の、港湾日雇い人足時の彼ならば、残業なぞ強いられた翌日は、そんなもの、まず間違いなく休んでいたところだ。例えば三時間分、四千五百円程の手当てを余分に稼いだならば、差し当たり飲み食いして喫うだけのものには、困ることもないのである。

しかし現在の彼は、最早休日の来るのが疎ましくさえあった。

日曜では、僅かにでも佐由加の姿に接する機会すら得ることは出来ぬ。これは思っただけでもせつなく、そしてやりきれない気持ちになる。

なのでその週からは、赴く先が一般家庭と云うこともあり、〈植木部〉のみは休日返上のかたちとなって、貫多にも半ば強制的な出勤の要請があったのには、はな彼はこれを大いに喜んだものである。

だが、よく考えてみればそれは実に当たり前な話だったが、そんなにして折角に張りきって出ていったのに、その日の佐由加には通常通りに休日が割り当てられていて、まるで狙いが外れた貫多は心中で大いに地団駄を踏む格好となった。

が、それでも彼は、この期に及んでも二十四時間後にはまた彼女に会えると云うとのみを心の光明とし、その希望を気持ちの支えに、久米の切り落とした枝葉をせっせと拾い集めるのである。

思えば、まことに腑抜けた姿ではある。久しく恋に恋する感覚に遠ざかっていた分、何か抑圧されていたものが一気に奔出したとの観もある、些か子供じみた岡惚れの仕方でもあろう。

先にも云った通り、実際貫多のその片想いには、特に何んらかのきっかけが働いていたわけではないのである。

単に見た目が十人並み以上の容姿であり、そんな同年齢の女が突如身近に現われたことで、それが現時恋人の存在を渇望している自分にとっての、千載一遇のチャンス到来、と云う風に感じたに過ぎない話ではあった。

だが、それが本来は岡惚れと云うものの不確かな感情の実態に違いあるまい。だから貫多のこの唐突な片恋も、かような説明のつかぬところから始まって、次第に——と云うか、彼の場合はやや性急な一足跳び気味で、好意を一気に募らせていったのである。

そしてその恋心は、理由の為の理由を付ける必要もないまま、日毎に増幅してゆく一方だったのである。

またそうなると、単純な貫多は佐由加を容姿だけではなく、性格の面でも極上のものを持った女性として眺めるようになっていた。すでに朝の挨拶は普通に交わすようになり、その声質がまことに程良きスイートさ加減であることにも、彼は心中にゾクゾクするものを覚えていた。

が、しかしそれでいて、彼女との会話らしい会話のやり取りは、未だ交わせていないのである。

佐由加が垣之内造園に入って、もう十日ばかりが経とうと云うのに、まだ彼女とは短かい挨拶でしか、接点を持てない状況なのである。

但《ただし》、これに対しては、貫多はそう悲観もしていなかった。何故ならば、その際の彼女の目には、常にほのかな恥じらいの色が浮かんでいるのを、彼は決して見逃さなかったからである。

その瞳に表われた色は、小学から中学校時代にかけて、彼に（が、ではない）想いを寄せていた何人かの女子が、例外なく浮かべていたのとまるっきり同一のものであった。

そしてかの色を表わしたまま、佐由加は確かに頻繁に——例えばこちらがトラックに用具の積み込みなぞをしている際に、ふと顔を上げると、佐由加が二階の窓から彼に視線を向けていることが、実にしばしば（二、三回ぐらいか）あったのだ。

根が自意識過剰にでき過ぎ気味の質ながら、ひどく繊細なリアリストでもある貫多であれば、この事実の意味と云うか、その辺りの、同い年の女の心情の機微は、ゆめゆめ見誤ることはないはずだった。

かつ、女心収攬術に長けているとの自負を持ち、根が眠れるジゴロにもできてる貫多であれば、この自らの見たてには絶対的な自信と云うものがあった。

だからその点からも、佐由加のことを〝一〇〇パー、モノにできる〟との予感を抱けば、彼は生きていることが本当にうれしく、そして楽しくて幸せで仕方なかったが、と云って先述の通り、その彼は、まだ彼女とは会話らしい会話を交わしてはいないのである。

根は眠れるスケコマシ気質なのに、如何せん恋愛の経験には乏しくできてる貫多は、自分のこの想いをどう佐由加に伝えればよいのか、それは皆目分からないのだった。

イヤ、どう伝えれば、ではなく、この先の展開をどう運んでいけばよいのかが分からぬ、と云った方が、この際はより正確に近いであろう。

冷静に考えてみると、いかなこちらの想いが臨界点に達していたところで、これで佐由加に交際を申し込み、万が一にも断わられたならば、そのときは当然、甚だ気まずい事態になってしまう。

この場合、損をするのは云うまでもなくこちらの側である。無論、佐由加の立場も少しはつらいものになる面もあろうが、しかしそんなにしてフラれた以上は、最早その女の立場なぞを慮《おもんぱか》ってやる義理はない。だからそんなことより、それ以上に困ったことになるのは紛れもなく貫多自身の方だと云うのである。

先般の、造園の〝食事会〟の際に、垣之内からあれほど釘をさされたにもかかわらず、それに反して一人恋愛感情に奔った彼は、万が一にもフラれたら、そのときはかの職場には恥ずかしくて、とてもいられぬ状況に陥ってしまうに違いない。

そしてその流れの先は、結句辞めて逃げると云う、ひたすらに恥の重ね塗りな、不様この上ないことにもなるであろう。

しかしそうなると、佐由加の出現によって幾分見失いがちでもあった、所期の目的——今までの自身の生活を根本から立て直すと云う、その為にこの横浜の地に移ってきた当初の計画の方も、まるで一から振りだしの状態に戻ってしまうのだ。

当然、貫多としてはそんな二重に自分が丸損となり果てる事態は、どうでも避けねばならなかった。

なれば自ずとこの際は、佐由加に対するふやけた恋心なぞキッパリと捨てるべきなのだが、けれど哀しいかな、やはり貫多は彼女のことを、何んとしてでも自分の恋人にしたいのである。共にデートを楽しみ、その柔肌のすべての箇所を、自由にふれ撫でてみたいのである。

で、あるからには、ここから導き出される答えと云うのはただ一つとなる。畢竟、長期戦でゆくより他はない。

今は焦った行動は厳に慎しみ、長期的展望のもとに、互いの距離を少しずつ詰めてゆくように図るのだ。

それに佐由加には、或いは現在、すでに交際している男がいるのかもしれない。もしそうならば尚のこと、ただヤミクモに猪突猛進したなら玉砕もしようが、時間をかけてジワジワ攻め込んでいけば、事態の変化も充分に有り得ることであろう。

繰り返すが、何故ならばあの佐由加の双眸に浮かんだ色は、どう考えてもこちらへの好意以上の感情を含んだものであったからだ。貫多は自らのこの読みには、絶対的な自信があるのだ。

そしてこの自信には、かの職場においては貫多を脅やかすだけの男っぷりの者が皆無だと云う幸運も後押ししていたのである。

イガグリ頭で、ずんぐりむっくりのブタみたいな津野田なぞは、はなから論外として、梅野にしろ丸尾にしろ、いずれも年相応の若々しい風采ではあったが、しかし所詮は田舎者顔である。この連中の横顔《プロフィール》には、貫多のようなローンウルフ特有の、翳あるムードと云うものがない。

貫多は中学生の頃からその陰影を日々工夫して、己が面《おもて》へ意識的に揺曳させてきたのである。その点、甘ったれた大学生風情や地方出身の芋助なぞに負けるわけがなかった。

無論、その貫多は容姿はともかく、内面的には種々の問題をかかえており、加えて性犯罪者の伜《せがれ》と云う致命的なハンディキャップも確とありはするものの、どうでこれは、取りあえず先様には黙っていれば、絶対に分からぬことでもある。

だから彼は、この久々に味わうところの、焦れるような片恋のせつない喜びには、何か日々の生活の張り合いと云ったものも感じるようになっていたのだ。

ここ数年——イヤ、仕事絡みと云う点では、生まれてこのかた覚えることのなかった、何んとも不思議な充実感である。

また、この充実感を喚起せしめている要因には、最近の俄かに金廻りがよくなった状態と云うのも、他面に少なからず含まれてのことでもあった。

金廻り、とは随分と大袈裟な云い草のようだが、しかし実際に、それまで日雇い人足での五千五百円の日当をその夜のうちに使い果たす愚行を繰り返してきた貫多にとり、この一、二週間は残業手当と併せて七万円以上の週給を手に入れ続けていることは、気持ちの上でまことに大きかった。

つまり、生活費とソープランド費用の積み立て貯金とは別個に、小遣い銭として実に四万円から四万七千円もの大金を、週に一度、自由に使うことのできる状況は彼に得も云われぬ心の余裕と安心感をもたらしめていたのである。いかな根が孤影尊重主義の貫多と云えども、この状況には自然と覇気も出ようし、また一寸した殿様気分にもなろうと云うものである。

なので勢い、彼の最近の食糧事情は、これまでとは少々異なるようにもなっていた。昼のドライカレーの弁当こそ、惰性で従来通り続けてはいたが、夜、残業を終えて帰室したのちに口にするものが、以前に比べて格段にまともになっていたのである。

従前のように、菓子パンや即席ラーメンで餓えを凌ぐことはせず、また帰路の駅の立ち食いそばも取りやめて、普通の、ちゃんとした蕎麦屋やラーメン屋に入るようになったのだ。

いったいに、食べ物屋が極端に少ない虚室のその界隈ではあったが、蕎麦屋は銭湯の裏手に夜九時までやっている古びた店を発見し、経営者の妻らしき五十代くらいのおばさんの愛想も良く、具が一寸豪華なおかめ蕎麦がひどく気に入りもしたので、お蕎麦はすっかりここに決め、またラーメンの方は、京急の戸部駅へと降りてゆく国道沿いに、ポツンと寂しく建っていたチェーン店を見つけたので、一番近場と云うこともあって、ほぼ一日おきに通いだしたのだった。

そこではネギラーメンの中盛りと云う、一杯六百円もするのを奮発していたが、洗面器のような巨大なドンブリに豚骨正油味のスープが張られ、大層な量の麺の上に香ばしいタレでからめた白髪ネギが山盛りにされたそれは、何やら随分と腹持ちがよかった。だからこれはこれで、充分に値段に見合うだけの満足感が得られたものである。

但、一点気に入らないのは、彼の行く時間帯にはいつも客が少なく、L字型のカウンターの一方の隅には、そこの店主の娘らしき中学生みたいなのが常にノートを拡げて自習のようなことをやっており、それが何んのつもりか、やたらとこちらの方を妙にシニカルな、どこか観察的な目付きで直視してくるので、根が亀みたくできてる彼には些か食べにくい雰囲気でもあった。

そしてこれらのいずれの店に行った場合も、決まって帰り道には、これもごく最近になってその店の存在に気付いた、老夫婦が二人だけでやっているらしい、年季の入った店構えの惣菜屋でもって、晩酌用の肴を仕入れてくるのである。

ここでは貫多の口に合うのは、量り売りの麻婆豆腐と豚肉の天ぷらぐらいだったが、これらはその時間帯ではすでに売り切れていることも多く、仕方なしに常時用意された一皿二百五十円のヤキソバを、もっぱら購《もと》めていた。

発泡スチロール製の、使い捨ての皿型容器に揚げた中華麵を砕いて敷き、その上に鍋の中からお玉で一掬いするところのトロみつきの餡をかけただけのものであり、その具材もモヤシと短冊切りのニンジン、それに申し訳程度の細切りハムのみと云う、まるっきり一昔前の貧乏人の御馳走じみたシロモノである。それにサランラップを巻いて渡されるのだが、見た目の雑さもさることながら、正直なところ、味の方も何とか食えるレベルに過ぎぬものではあった。

しかしヘンにしょっぱい分、酒の肴とするには悪くなく、案外に間《ま》も持つし、それまでのカレーパンをつまみにして飲むよりかはまだマシだと云う思いもあって、彼は毎晩、これを提げて帰ってくるのであった。

そして例により、十一時を過ぎた頃合に晩酌を始めるのだが、ここで特筆すべきは、その際の貫多は、布団の中にてそれを行なっていたことだ。

彼は十五歳での一人暮し開始以来、ここにきて初めて一組の布団を購入していたのである。

十二月に入れば、さすがにタオルケットや毛布一枚の夜具では甚だ肌寒くなってくるのは今に始まったことではなく、毎年繰り返しの決まりごとだったが、しかし彼は例年、これを何んとか乗りきっていたものだ。偏に、寝具を揃える方に廻す金がなかったが為である。

だが、今年の貫多は違った。

何しろ懐には、連日の精勤の賜物であるお銭《あし》をワンサとしのばせているのだ。

それ故に先日、仕事の帰りに造園近くのホームセンターに飛び込むと、留守中でも、アパートの共同玄関の上がり框のところに積んでおいてもらう約束でもって配達を頼み、運送料込み一万二千円の上下布団と枕を買ったのだが、けだしこれは、本当に入手して大正解であったことを、その使用第一夜のうちにはしみじみ実感せざるを得なかった。

室内に火の気がなくとも、この中に入っていれば充分に暖を取ることができた。それまでは冬場には、一枚の毛布で同様のことを行なっていたが、それとはもう、到底比較にならない程にぬくいのである。

これの購入に当たっては、一つには連日連夜の残業続きと、先般の日曜出勤が障害となって、例の小豪遊はおろか、仕事帰りに何んら無駄費いをする機会も得られ続けなかったことも、結句幸いしていたのである。

おかげで、布団を買ってみようかと云う人並みの発想と、それを実行に移す資金を獲得できたようなものであった。

そしてこの、金はあるのに遊ぶ時間がないと云う一種の皮肉事は、貫多の性慾処理の面においても同じく当てはまるところがあるのだった。

すでに一回ソープランドへ行くには充分過ぎる軍資金があり、その射精遊戯だけなら如何に残業続きと云えど、翌朝の起床時間に全く響かぬだけの余裕がありながら、貫多は今はこれに赴くことをしなかった。

あれほど渇望していたのにも拘わらず、何もお金と時間を使ってすぐと今、そこに駆け込む必要は感じなくなっていた。

そんな薄汚ない、所詮は膣口だけでなく、頭のネジの方も俄然緩みっぱなしの淫売女なぞを大金払って抱くよりかは、今現在は、脳中で佐由加をねちっこく犯しながら、己が怒漲したマラをしごき立てる方がはるかに興奮と快感を得られ、そしてそれでひとまずの満足も味わえる状況だったのである。

かの空想の中では佐由加のヴァギナは無臭であり、貫多は感極まって、彼女のその一片の糞臭さなきクリーンなアナルまでをも舐め上げるのである。すると小ぶりの桃みたいなお尻を微かに震わせ続ける彼女の方も、やがて、貫多に説き伏せられて、彼の亀頭の鈴口に、アグレッシブに舌先を這わせてくるのだった。

この想像の世界のめくるめくような甘美さと、ツボを心得た自らの手の動きのテクニシャンぶりには、彼はフィニッシュを迎えるのが何んとも惜しく、途中で幾度も小休止を挟み、結句一時間程もかけての二度の射精で、それで取りあえずは性慾の発散には事足りていた。つくづく、片想いの岡惚れの力とは大したものである。

で、左様な具合に性処理の方は手淫でしばらく持ちそうだったし、飲み食いの方も、今は現状以上に奢侈《しゃし》なものはさして望まず、それはいずれまた気が向いたときに、思う存分腹に詰め込めば間に合う話である。

だから近時の彼は、いわば公私ともに、珍しく落ち着いた充実の日々を送っている観があったのだが、その中にあってただ一つ、読むものにはそろそろ不足してしまう点が、懸念と云えば懸念であった。

と云って古本をつまんでくることだけの為に、残業後に宿とは逆方向になる遠く離れた野毛や伊勢佐木町の古書店に寄る気はせず、新刊書店ははなから立ち読みのみの利用と決めているので、これもいよいよ最後の未読本を片付けてしまうと、しょうことなしに造園の最寄り駅付近で、その種の店を探すことにしたのである。

すると一軒、比較的最近に出来た感じの古本屋があるにはあったが、外に均一台もなく、店内はマンガのコミックスが大半を占め、目当ての小説本は僅か一棚の半分に、ひっそりと並べられてあるだけだった。

見れば本自体は発刊当時の帯まで残された清潔な佇まいではあるものの、それらに付された売価は、まるで定価と変わらぬ程の不勉強ぶりである。

だがその中には、かような価格であっても購めてもよさそうな角川文庫本が、何冊かは紛れていた。

夢野久作のシリーズの内で、一点だけ未読だった『骸骨の黒穂』と、源氏鶏太、梶山季之、それに土屋隆夫の『泥の文学碑』と云ったところである。

殊に土屋隆夫は、鶯谷の三畳間にいた頃に一冊三百円也でもってしばしば購めていた、昭和二十年代の旧『宝石』誌でその作を知り、爾来均一台でその文庫本を見かけると必ず入手するようにしていた。『天狗の面』『危険な童話』と云った本格物も良かったが、『粋理学入門』なぞの軽妙な味のものも、面白くてたまらなかったのである。

なのでセコハンにしては甚だ嘗めているその値段も厭わず、これは即座に購入の運びとなったが、早速にその夜から『泥の文学碑』を開いて読み始めたところ、該書ははな彼が期待していた以上の、充実の短篇集だったことを知るに至ったのである。

表題作の「泥の文学碑」は、ミステリ作品として読んだ場合、収録八篇のうちではやや物足りなさを覚えたものの、作中に取り入れられた田中英光なる、過去に実在した私小説家の生涯には、何か激しく興味を引かれるところがあった。

物語は、『田中英光全集』(無論、作中の架空のもの)の解説を担当することになった、文芸評論家の肩書きを持つ大学助教授が、その作家のまだ誰も知らぬ新資料を入手すべく、版元で発行している週刊誌の、よろず告知板的な頁にその旨の募集をかけ

（とすると、この版元は新潮社をモデル、ではなくイメージに据えているものらしかったが）、それに対しての反応をきっかけとして、過去からの思わぬ復讐を受けると云うシビアな筋立てであるが、その本筋に至る前半部分は田中英光の人物像を紹介し、かの生涯をダイジェスト的に語ることに費されている。

その箇所が、どうにも不可思議な、妙に抗いがたき魅力を貫多の心に喚起させた。

――大正二年に東京で生まれ、一種のエリート家庭の中で甘やかされて育ち、早大在学時には漕艇部に在り、エイトクルーとして第十回ロスオリンピックに出場。その後本格的に文学にのめり込み、当時文壇に出たばかりの太宰治に逸早く傾倒して師事し、その推薦で出世作「オリンポスの果実」を発表、池谷賞を受賞。戦後は共産党に入党するも、すぐと脱落し、妻子を捨てて娼婦の愛人と同棲生活。太宰の自死後は薬物中毒者となり、口論の末に愛人の腹を刺して逮捕。精神病院入院を経て昭和二十四年に太宰の墓前で後追い自殺――

との、ざっとこう述べただけでも風変わりと云うか、余りにもデスペレートに過ぎるその軌跡に、貫多はえらく熱い興奮を身の内に覚えたのである。

その興奮が、一体何に由来するものなのかは自分でもよく分からなかったが、しかしこの田中英光について書かれたそこの箇所のみを、幾度も幾度も憑かれたように読み返す程の興を覚えたのは事実であり、またかような行ないは、彼にとって初めてのことでもあった。

尤も、私小説家と云うからには、この田中英光の書く小説がいわゆる純文学の一種に違いないことには、ふいと鬱陶しさがよぎったのも、また事実であった。

悪いことに、貫多はその種の小説——小狡いお利巧馬鹿の人種が無駄に好みがちの、えらそうに気取った純文学作品と云うのが、心の底から嫌いであった。

その手の文学者の作はこれまでに幾十か読みかけてみたものの、いずれも余りのつまらなさに中途で放り出さざるを得なかったし、現今の、彼が辛ろうじて名前ぐらいは知っている、即ち世間的には有名作家で通っているに違いない者の作とても、やはり面白くなくて最後までは到底読みおおせず、すぐに古本屋へと再処分する道を採っていた。

どうにも彼には、肌が合わないようなのである。

中では、坂口安吾のみは小学六年時に読んでいた「不連続殺人事件」の好印象から、その探偵小説以外の文芸作品の方もいくつか通読してはいたが、正直、「白痴」だの「堕落論」なぞは古臭くて（時代背景のことではない）全く意味が分からず、こうした類を解ったふりして自己満足に浸るのが、所詮は純文学なるものの存在理由なのだろうとの再認識を得て、どうにも慊《あきた》りぬ思いになったものだ。が、一方で「風と光と二十の私と」や「二十七歳」「古都」「居酒屋の聖人」と云った作は頗る楽しめたし、大いに魅かれるところがあった。

思えば、それらはいずれも私小説のジャンルの範疇に入る短篇だったが、とするならば、かの田中英光と云う私小説家の作も、純文学に対する一方的な嫌悪感に惑わされず、まずはこの目でその真価を確かめてみたい率直な欲求にも駆られてくる。

が、このとき初めて名を知ったその作者の小説が、現在容易く入手できる状況にあるかどうかはまるで知らず、しかしそれかと云って、今すぐとそれを探して調べるだけの必要性までには迫られていない以上、このときの貫多は、ただかような馬鹿正直そうな小説家が、かつてこの世に在ったと云う事実を、記憶の比較的中心部にとどめておくことにしたのである。

七

その朝、貫多が例によってドライカレーの弁当を携え、垣之内造園の事務所に上がってゆくと、入口近くの机の前にはこの日もまた、上品にちんまりと腰かけている佐由加の姿があった。

　その彼女と目が合うと、貫多はつとめてぶっきらぼうを装った口調でありながらも、目には〝あなたを愛してます〟と云わんばかりの発情の色を湛えて、「おす」なぞ挨拶したが、しかしその瞬間には早くも彼女から視線をそらし、傍らの状差しみたいなケースから自分のタイムカードを引き抜くのだった。

　すると、佐由加の鈴を転がしたみたいな声での短い返しにおっ被せるようにして、奥の机の所にいた堀田が、

「北町くん、今夜はなんか用事があるか？」

と、朝からどうにもニヒルな表情で、いきなり尋ねてきた。

　この唐突さに、佐由加を前にしたポーズに意識を取られていた貫多は、思わず虚をつかれてドキリとしつつも、また残業の話かと思い、

「あ、はい。ぼく大丈夫です」

なぞ、取りあえずの承諾をしておいた。

　だがその答えを得た堀田は、

「だったら今夜は、ちょっとつきあえよ。服部さんとよ、たまには若手だけで一杯やろうかって話になってるんだ。ここのところ、残業続きだけどみんなよく頑張ってく

れてるからよ、ここいらで少し英気を養わねえと、と思ってな」

まるで予想とは異なることを述べてきた。そして更に、

「油井さんも、参加するそうだから」

と、どこか得意そうな笑みを浮かべつつ、一寸こちらの表情を確かめるようにしながら続けてくる。

この思いもかけない朗報に、貫多は反射的に、つと佐由加の方へ視線を走らすと、やはり、と云うか、彼女の方でもこちらに顔を向け、無言で緩頰してくれている。

そうなると彼は一気に上気したみたいになってしまったが、しかしその鼻息を気取られぬ為に、堀田に向けて重ねて承諾の旨を口にすると、それで逃げるようにしてその場から立ち去ってきた。

そして階下の作業員の溜まり場に行くと、すでに着替えを終えてテーブルの一隅にてマンガ雑誌を読んでいた梅野に、

「ウメさん、聞きましたか」

と、いつになくはずんだ声でもって笑顔を見せると、先方は、これは擬態ではない持ち前のぶっきらぼうな表情で、

「え、なにを?」

ジロリと貫多を一瞥しながら言う。

「いや、今日の仕事上がりに、何んか飲み会があるそうじゃないですか」

「ああ……そうらしいな。北町くんは出るのか？」

「勿論です」

「ふうん。俺はパスした」

「えっ、なぜ？」

「なんでって……こんな毎日残業が続いてて、それでわざわざ飲みに行こうって気にはなれねえよ。かったるいしな。さっさと帰って、自分の家でゆっくりしてた方がいいだろうよ」

学校が冬休みに入っているらしく、梅野もまた、ここのところ俄かに連日出勤をこなしていた。

「でも、みんなに声かけてるみたいですよ。上の、事務所にいる新しく入った女の子とかにも」

「ああ、なんか堀田さんが、彼女もくるぞ、とか言ってたな。別に、どうでもいいわ。北町くんが、俺の分まで飲んどいてくれよ」

至極あっさりとした口調で言い、梅野はまたマンガ雑誌の方へ目を移してしまう。

何んとも無関心、と云うか無愛想なその風情だったが、貫多は内心、梅野のこの態度に深い安堵を覚えていた。

少なくとも、此奴《こやつ》は佐由加に邪しまな恋心は抱いていないらしい。

それを今、問わず語りで確認し得たことが、彼にはひどく満足であった。ライバルは、一人でも少ないに越したことはないのだ。

と、少し離れた位置の椅子で、この彼らのやりとりを聞いていたらしい津野田が、突如こちらに向かい、

「ウメちゃんがこないんじゃ、つまんねえよな。水沼さんも、奥さんがうるさいから来れねえっていうしさ。その上、ウメちゃんもじゃなあ……だったら北町も話し相手がいないんだから、来ても、寂しいだけなんじゃない?」

と、薄ら笑いを浮かべて、実にイヤなことを言ってくる。しかもそのとき津野田は土方のくせしてえらそうに、ゴルフクラブの手入れなぞしているのである。

しかし貫多は、この非礼な物言いによって、元より自分の方でも苦手意識を持っていた津野田が、やはり先方もまた、自分に対して良い感情を持っていないことをハッキリと知り、俄かに心中の闘志に火がついた。

佐由加の争奪戦に関しての、闘志である。

三十近くにもなって独身で、女のいる気配もなく、生業として肉体労働に従事しているこの小男は、おそらくは同職場で縁を持つことができた、若くて可愛い佐由加に対して内心さぞかし不埒な慾望をたぎらせているに違いない。

だったら尚のこと、いい年をしてそんな甘い夢を見ている、この土方野郎の一縷の望みたる高嶺の花を、自分がうまうま手に入れてやり、もってこの馬鹿を一気に現実世界へと引き戻し、かつ絶望の底へと突き落としてやろう。それで今先にこの短小野郎が吐いた、「来ても、寂しいだけなんじゃない?」なぞ云う嘗めたイヤミを不問に付してやる。との、暗く熱い復讐の炎を燃え上がらせたのである。

それだから貫多は、その夜、やはり二時間ばかりの残業があったのちに堀田と服部の先導で入っていった、駅近くのケチ臭い居酒屋チェーン店の座敷では、まず、何とかして佐由加の座る正面付近、乃至《ないし》、隣りの位置に陣取るべく腐心した。

こうした座の並びでは、靴を脱いだ者から順々に上がって思い思いの位置につくだろうから、彼は店に入ると、一寸丸尾や後藤たちを押しのけるようにして、佐由加の後ろにピタリとくっ付いたのである。

だがその目論見も、服部の余計な仕切りによって打ち砕かれてしまった。

仕事上で、平生から場を仕切り慣れている服部は、ここでもまた銘々が座る席までも、当然のことのように指揮しだしたのである。

それが為、佐由加はただ一人の女性としてのエチケット的扱いで、上座の堀田の正面に置かれてしまい、その隣りに服部が座り、以下、年功序列式みたいにして、不参加の梅野や水沼なぞ三名を除いた、残りの若手社員、アルバイト六人を順々に並べていったから、いきおい最年少で、入って日も浅い貫多は末席に追いやられるかたちとなった。

しかもそれは横に三人を挟んだ佐由加の同列でもあったので、このポジションから彼女の姿は甚だしく見づらい。かつ、彼女の斜め前には津野田が満面の笑みで居据わっているのが、彼にはどうにも業腹。

しかしここで持ち前の駄々っ子根性をあらわし、感情の赴くままに仏頂面を見せてしまう流れに至ることは、到底自己のプライドが許さなかった貫多はひとまず気を取り直し、折角に参加してくれた佐由加の為にも、ここは場の空気を壊さぬことを、自らに云い聞かせることにした。

シラフでいる間の彼は、根が至ってセンシティブにできてるだけに、他人の思惑にもひどく敏に気を廻してしまう悪癖を、人並み以上に有しているのである。

だが、ひとたび酒が入り、廻るのは気ではなく酔いのみの状態になってしまうと、もうそんな他人の気褄などどうでもよくなってしまう悪癖も、これも人並み以上に持ってしまっているのだった。

無論、このときもはなのうちこそ佐由加の目をひたすらに意識し、平生のローンウルフ然を保っていたのだが、アルコールが進むにつれ、やはり、と云うべきか徐々にイヤらしい自己主張欲が騒ぎだし、そうなると一転、自分が明るく朗らかな一面も併せ持っていると云う（無論、そんなものはひとカケラも持ち合わせていないが）ギャップを彼女に見せつけてやるべく、必要以上に他の者の話に割って入り、高らかにバカ笑いを上げ、大いに自らの存在をアピールすることにつとめる成り行きとなってしまった。

その貫多のことを、津野田や丸尾は冷ややかな目付きで睨んでいたようだったが、それがまた、彼には或る種の快感を伴うファイトを掻き立てる作用となり、尚のこと狂騒的に、一人大いに燥いでみせるのである。

「――なんだ北町くんは、夜になるとえらく絶好調だな。昼間はあんなに大人しいのに」

服部が遠くの席から、やや硬ばった笑顔で言ってくるのに、早くもレモン酎ハイを十杯以上きこしめしていた貫多は、これを〝この野郎、佐由加の前で何を剣呑なこと

云いやがる〃との反応のもと、

「服部さんよ、ぼく、いつだって絶好調じゃねえですか。見損なっちゃいけませんや」

ほき捨てて、首を捩じまげて服部の方を見やり、ニヤリと凄みのあるつもりの笑みを浮かべてやる。と同時に、その一つ先の佐由加がどんな表情でこちらを見ているか、その確認の盗み見の方も、おさおさ怠らない。

「ははは、まあ、そうだな。ここんところ、仕事もずいぶん頑張ってくれてるよな」

一瞬、訝しそうな顔付きをみせた服部は、すぐと再び笑顔を作ると、どこか宥めるような優しげな口調で言い、それで話を転じるように堀田の方へと体を向けてしまったが、貫多はこれを追っかけるみたいにして、

「ここんところ、じゃねえや。ぼく、前からやることは、キッチリやってるつもりでさあね。嘗めちゃいけませんや」

なぞ云い、お代わりが届いたばかりのレモン酎ハイを、ガブガブ飲んでみせる。

すでに酔いの力で、服部なぞ一つも怖くない気持ちになっていた彼は、ついでのよい機会に、いかに自分が酒に強い男であることかも佐由加に知ってもらう為、グラスを空けるピッチを必要以上に早めていたものである。

一人大酔した者が俄然、座の中心——ではない、自己中心的な悪目立ちぶりを発揮するのは、こうした席ではよくある光景だが、このときがまさにその典型だった。そしてその展開に漕ぎつけたのは、紛れもなく貫多であった。しかし当の彼は、先にも云った通り、もう他人の思惑がどうでもよくなっている方の悪癖を発露した状態にあったので、堀田や服部なぞがやや下手に出た調子でこちらに話を合わせるのが、ひどく愉快になっていた。更にこれが一面において、佐由加への自己アピールの機会を延々与え続けられているようなかたちなのが実に満足で、実にうれしくもあった。

そして余りにも一気に飛ばし過ぎた故か、途中で一回、トイレに立ってそこでこっそり吐き戻した貫多は、胃の中の大半のものを出すとまことにスッキリし、また座につくや、一杯のライムサワーをいつまでもチビチビとすすってる丸尾を明らさまに見下すみたいにして、今度は自分だけ日本酒を注文すると、二合徳利に入れられてきたそれを、コップにゴボゴボ注いでグビリグビリとやりだすのである。

両親ともに一滴もいけないクチだっただけに、本来の貫多は自らも酒類をまるで受け付けぬ体質のはずだったが、彼は性犯罪者の父親からの遺伝はどんなことでも否定したく、十五の頃から無理に訓練を重ねて、何んとか下戸を克服していた。

それだけにこのガブ飲みは、佐由加の目を意識したものではある一方で、かような努力を経《た》てきた自分が、こと酒においてはこんなスネ囓りの大学生や、いっぱし職人ヅラをしている糞土方どもに負けるわけにはいかぬと云う、屈折した奇妙な意地が働いてのことでもあったのである。

で、そんなにして飲めば飲む程、他の者が心なしか、各々ペースを落としがちになってゆくのを、貫多はこれを自分に気圧されてのことと見做し、大層痛快に勝利者の気分を嚙みしめてもいた。

またそうなると彼のハシャギっぷりも、ますますその増長の度合いを高めてゆき、再び首を伸ばして遠望し、佐由加が豆腐サラダみたいなのに箸をつけているのを見て取るや、大声を上げて店員を呼び、若い女が好むところのラビオリを持ってくるように、居丈高な口調で命じつける。

平生の彼はそんなものは一切食べないが、折角に佐由加がいるならば、その手の類のおつまみもセットし、いかにも若者らしい、華やかな酒席をプロデュースしてみたかったのだ。

で、やがて卓に三皿運ばれてきたラビオリを、

「ほう、これは揚げ餃子なのか。うん、なかなかいけるね」

佐由加より先に箸を伸ばした服部が、ヘンに素頓狂な声で感嘆してみせるのを、

（馬鹿野郎、てめえなんぞの口に入れるべき食べ物じゃねえや）

と、貫多はお腹の中で罵りつつ、またぞろ彼女の方へスッポンみたいに首を捩じって伸ばし、

「油井さん、それ熱いうちにお食べよ。美味しいから。遠慮せずに、どんどん突っついて！」

なぞ、どことなく興奮も孕んだ甲高いキーキー声ですすめてやる。

すると佐由加は、やおら箸を取り上げるや、その二本の先を揃えてラビオリの表皮をツンツンと突つき、こちらに顔を向け、悪戯っぽく微笑んでみせるのである。

これに貫多は、手もなくガクンと参ってしまった。

その余りの可愛らしい挙動に、彼は不覚にも勃起してしまっていた。

そして、このひそかにマラを膨らました状態で、貫多はどんなことがあっても彼女を自分の恋人にしたいと、改めて強く思うのだった。

そんなにして、時刻が十時半を過ぎると最後に堀田の短い締めの言辞（の一節で、今日の宴が佐由加の歓迎会を兼ねたものであったことを、貫多はこの段になって初め

て知った）があって、この飲み会はお開きとなった。しかし貫多は、まだそこで佐由加と別れる気には、到底なれなかった。

とは云え、いかな酔って怖いもの知らずの態にはなっていても、今、この場で彼女のみを強引に誘う軽挙を慎しむだけの理性が残っていた貫多は、津野田や丸尾等は不要だが、二人きりを避ける口実として堀田と服部の存在はどうしても不可欠であり、まずはこの者たちをおさえる必要があった。

それでもう一度トイレに駆け込み、ダメ押しの嘔吐で態勢を整えたのち、店の入口を出たところで別れを惜しみ合うように何事か話し合っている件の連中に笑顔で近付き、その中の堀田に向かって、皆んなしてもう一軒寄っていくことを懇願するように提案した。

すると堀田は、

「いや、今日はもうこれで解散だ。そろそろ、十一時になるしな」

と、あっさりと袖にするのだ。

「一寸だけ、行きましょうや。と云ってぼく、知ってる店とかはないんだけど、別にそこらの赤ちょうちんでもいいんですから」

「だめだよ、明日だって仕事があるんだぜ」

「あれっきりの酒で、足りると思うんですか？　それにあれっぽっちの酒で明日の差しさわりを勘案して怯えてるようじゃ、到底、男とは云えませんね」

「北町くんはそうかも知れないけどよ、俺たちはあれで充分に飲んだんだよ。それにみんなもかなり疲れてて、もう帰るって言ってるしさ」

「なら、一時間だけ寄っていきましょうや」

「だから、ダメだって言ってんだよ。第一、もう遅いんだから油井さんを早く帰さなきゃなんねえだろうが」

「遅いったって、まだ十一時前じゃないですか。こんなのは、全然宵の口ですよ。高校生だって、普通に出歩いて遊んでる時間じゃあないですか」

貫多はムキになって食い下がり、果ては堀田のスーツの袖口を摑んで引っ張るような真似までしてみせたが、これは彼としては、いったん口に出して哀願した以上、これでこのまま拒絶を通されたら自分の立つ瀬がなくなってしまうことを怖れた必死さの面も含まれていた。

根が誇り高くできてる彼は、こうした際にはいくら抑えようとしても、またいかな意識する異性の目がそこにあろうとも、自らのプライドを保つ為にどうしても生来の粘着性質が頭を擡《もた》げてしまうのである。

この貫多のしつこさには、傍らにいた津野田が何やら大仰に顔を顰《しか》めつつ、

「うるせえな。行きたきゃ、お前一人でどこでも行ってこいよ。俺たちはとてもつき合えないからよ。そこいらの店で勝手に一升でも二升でも、好きなだけ飲んでこいよ」

と、苦々し気に言ってきたが、これに貫多は、チラとその方を見やって、

「なら、てめえは先に帰れよ」

と、聞きとれぬ程の小声の早口で呟き、また堀田のスーツの袖を引っ張っての懇願を繰り返す。当然その彼は、先刻より服部や丸尾が呆れたような、或いは持て余したような目でこちらを眺めていることは充分に気が付いていた。

だがそれでいて、彼は佐由加の方には恐ろしくて視線を走らすことができないのだ。万が一にも彼女が自分に対し、他の者と同じ目付きを向けていたときのことを思うと、とてもではないがその表情を確認することはできなかったのである。

そうは云っても貫多の佐由加に対する絶対的な自信、と云うのは、所詮は何んら根拠もない陰弁慶的な妄想に過ぎず、実際に生身の彼女を前にすると、まずその顔色の如何からして気になって仕方がないのだった。

「さあ、今夜は本当に終わりだ。どうせまた、すぐに忘年会があるじゃんかよ。その

ときに、またみんなで集まって飲むんだからさ。今日はもう大人しく帰るぞ」

堀田は貫多の腕をやんわりと振りほどき、殆ど諭すような口ぶりで言ったが、それは彼には初耳のことであった。

「え、忘年会なんてあるんですか。それはいつ？」

「今年は二十九日だったか三十日だったか……そのどっちかだよ。仕事納めの日だ」

と、そこで堀田が更に短かく説明を加えてくれたところによれば、何んでも垣之内造園では毎年の最終日になると通常の造園作業はなく、午前中は事務所や用具置き場の大掃除をし、午後からは敷地内で餅つきをして酒を飲むのが慣例らしく、これは忘年会を兼ねるものでもあるらしかった。

「だからそのときに、また目一杯飲ましてやるからさ。あと何日かの辛抱だよ」

堀田にそこまで穏やかに拒否されると、さすがのトリモチじみた貫多も、これ以上押したらあとは堀田も怒りだすだけだと思ったので、もうそろそろ、今日の延長戦の展開は諦めざるを得なくなってくる。

それで仕方なく、分かりました、なぞ力なく呟いて、やや俯きながら一同のバラけゆく流れに身を委ねるかたちとなったのだが、自宅が徒歩での距離にある堀田と服部は、その場で各々の方向に散り、駅を利用する他の者は何んとなくひと固まりになって、ゾロゾロと歩きだす。

だが改札を入ったところで、横浜方面に帰る貫多のみが、そこで皆——と云うか佐由加と、泣き別れの格好になってしまった。他の連中は、いずれも茅ヶ崎方面に家があるものらしい。

で、その段になって貫多は、ようやく佐由加の顔にチラリと目を向けてみたのだが、するとと有難いことには彼女の方も、ドキリとする程優し気な、労わるような瞳で真っすぐにこちらを見つめ、

「北町くん、気をつけて帰ってよ。電車の中で寝たりすると、東京まで持っていかれるからね」

と言い、にっこりと笑ってくれる。

「うん、有難う。油井さんも気を付けてね。夜道で痴漢とかに遭わないようにね。じゃ、また明日ね!」

貫多も、平生に彼女の前で見せつけていたクールなポーズはどこへやら(もう、今更でもあったが)、まるで相好を崩し嬉々として答えたものだったが、思えばこれが今までに彼女との間で交わした、最長となる言葉のやり取りではあった。

そしてその貫多は、何やら胸にあたたかなものを抱えて、一人違う番線への階段を

のぼっていったのだが、さてそれを上がりきって向かいのホームを眺めてみると、まだ佐由加や他の連中の姿は、その一帯には見当たらなかった。

そして数分が経っても一向にかの一団を確認できないので、これに少し訝しく思いかけたところに、彼のいるホームには電車が入ってきてしまった。

なので名残りの一瞥は果たせぬまま、しょうことなしの成り行きで、貫多はそれに乗り込んだのである。


ベッドタウンとは逆方向と云うこともあり、車内はガラガラに空いていた。

その、両端に一人ずつが腰かけていたシートの中央に、半ば寝そべるようにして身を沈めた貫多は何んとも幸せな思いに包まれていた。

最前は少しハシャギ過ぎたのと、〝もう一軒〟をしつこくせがみ過ぎたのとが些かしくじった観もないではないが、しかしそれも自分の知られざる朗らかさと、気さくで陽気な意外なる一面として、佐由加に伝わってくれていれば幸いかと、貫多は無理にも思い込むことにした。

かような、彼にしては珍しくプラス志向なものの考え方をさせる程に、彼女と最後の最後に親し気に言葉を交わしたことは何んともうれしく、またこれはとてつもなく大きな収穫でもある。

これで明日からの展開が一歩進んだものにも成り得たかと思えば、彼はしみじみ、この地に流れてきた自らの選択を褒め称えてやりたい気分だった。で、やがて桜木町の駅に着き、すでに人の姿もまばらな構内を出た貫多は、ジャンパーのポケットに両手を突っ込み高架線沿いに暗い国道を歩きだしたが、紅葉坂の下までやってくると、そこで新たなる決心を固めた。

やはり、取られる前に、取ってのけるべきである。

長期戦も結構だが、それかと云って余りに長引かせてしまっては、土台上手くいくものだっていかなくなることもあろう。

現に津野田だけでなく、先程の席での丸尾や後藤の佐由加に対する目付きの底には、異性を前にしたケダモノの慾望が確かに沈澱していた。彼奴《きゃつ》らも、掘りゴタツの下では自分同様、間違いなく勃起していたはずである。

それによく考えれば、服部にしたって妻帯者の堀田にしたって、男であるからには決して油断のならぬ存在である。あれで案外に、彼女のボディーを虎視眈々と狙っているやも知れないのだ。

生身の佐由加が視界から消えた今、貫多の身中には再び自信と全能感が蘇えってきてはいたが、如何せん佐由加も女である以上、何かのはずみで他の者の押しにやられてしまう可能性は、ゼロではないのだ。なれば畢竟、こちらもそれなりの先手勝負にでなければなるまい。

「チームワークなぞ、糞食らえだ。馬鹿野郎めが」

急勾配の坂へと歩を進めつつ、貫多は独りごちた。

「このぼくに、いつまでもそんな甘が通用すると思ったら大間違いだ。土百姓どもめが」

ほき出して嘲けりの笑いを洩らし、せんにも思った、自分にだって青春の果実の一片を囓じる権利があるとの述懐を改めて想起し抱きしめれば、彼の心の奥の底からはやけに猛々しき熱いものが、我知らずのうちに充ち溢れてくるのだった。

だから、と云うのも妙なものだが、翌日からの貫多は、それまでとは些か作業中の態度に変化が生じていた。

生来の、不貞腐れた開き直り根性を抑えつけることを、少しく厭うようになっていたのだ。

その日は、またもや午前中は久米のあとについて一般家庭の剪定に赴き、昼前に水沼が仕切る植樹現場へ合流したのだが、昼食時に円座で弁当を使っていた際、この水沼が貫多に軽い叱責を浴びせてきたのである。

彼がお茶を飲もうとして、持っていた箸（常食のこのドライカレーには、使い捨てのスプーン等ではなく、いつも割り箸が付けられてあった）の置き場に困り、暫定的にその黄色い飯の上に線香を立てるみたいにして突き刺したところ、これを目ざとく見咎めてきたのだった。

無論、昨日までの彼ならば、かようなことに対しては何か適当に反省の言葉か、或いはその種の表情でもって応えていたに違いない。

しかし、最早こんな水沼程度のチンケな中年労務者に、そんな恭順の姿勢を見せてやるのは全く馬鹿馬鹿しく、かつ、そうした単に自分の気に入らぬ行為を、何か世界共通の許されざるマナー違反みたいにして、さも当然の如く、えらそうに注意なぞしてくるこの田舎者の無神経ぶりにはひどい嫌悪を感じたので、貫多は返事のかわりに一つ高らかに舌打ちを鳴らしてから弁当を持って立ち上がると、少し後ろのところに置いてあったゴミ袋のところにツカツカ歩いていって、その中に箸を突き刺したままのそれを、これ見よがしに叩き込んでやったのである。

八

貫多の十代の最後たる昭和六十一年も、いつかクリスマスを過ぎていた。いよいよ年の瀬となり、その頃には造園の作業も、ようやくに一段落のかたちとなっていた。尤も、各所の工期が完成によって終了したのではなく、年末を控えてどの現場も進行を調整するようになっていたものらしかった。

殊に建築現場の作業員には地方から出稼ぎに来ている者も多いらしく、早くも年末の休業に入ってしまった所もあり、そんなにして俄かに出向く先が減ってしまった昨日なぞは、午後三時前での上がり（勿論、日当は一日分をくれるらしいが）となった程の長閑《のどか》さである。

だから日曜日に当たっていたこの日も、もう先週のように出勤を要請されることはなく、従来通りのまるまるの休日となったのだが、そうなれば貫多はこれを寝貯め日にするつもりで、前夜は部屋にて心ゆくまで飲酒を楽しんだのである。

いったいに貫多のような怠惰の権化が、昨日まで十四日間連続でもって残業込みの労働に出続けた様《ためし》は、かつてないことだった。

偏に佐由加目当てだったとは云え、さすがにいい加減疲れもたまった今のこのコンディションでは、本来ならただされ日当が加算されぬ、年末年始の長の連休を控えた、その金銭面では確実に痛手となるところの年の瀬の日曜も、やはりこの場合は恵みの休息日となり得たのである。

だが、午前十時を過ぎた時分に一度目が覚めた彼は、ちょっと流し台に小便を放ちに起き上がり、ついでに、ふと思いだして窓のキワへと身を寄せてしまったのは、何んともしくじりであった。

そこのカーテン代わりに貼ってあるゴミポリ袋を一寸はぐってみたのは、云うまでもなく向かいの家の娘が、また己れの洗濯ショーツを干してやしないかと気になった為だが、そんなにして窺ってみたその視界の先には案の定、と云うか、娘の姿こそなかったものの、かの当人の愛用品と覚しきショーツの方は、すでに洗濯ハンガーに引っかけられて、これ見よがし（との意図は、先様にあろうはずもなかろうが）に掲げられていた。

本日のそれは、黒と白のマーブル模様のものと、お馴染みのレモンイエローとの二枚が干してあった。

それに、これと上下のセットであるらしきブラの方も、同じハンガーにぐったりと吊るされてある。

貫多は、これまで朝の出勤の際に、表の路地のところでその家から出てきた件《くだん》の娘とは鉢合わせをしたことが二度程あった。

どうやら彼の当初の見たてと違い、同年代ではなく幾つかの年上に見受けられるOLか何かの勤め人のようで、いずれの際も地味なワンピースを着用に及んでいた。またご面相の方も、正面からハッキリ見ると随分と地味な造作をしていて、はなベランダ上で見かけた折の十人並み然の評価から、少し減点をした程である。

しかしあの娘が、あんな落ちついた風情のワンピの下で、こんなマーブルのショーツを穿き、かつ、クロッチ部分をオリモノやら何んやらでジトジトに濡れ汚して帰宅したのちに洗濯して、何事もなかったようにそこに干してやがるのか、と思えば、貫多はゴミポリ袋の陰に身を隠しつつ、目はそれに釘付けとなって、つい、まじまじと見入ってしまう。

そしてそこへ彼なりの妄想が更に拡がり、折角に今、小便を放出して朝勃ちが収まっていたおのがマラも再び固くなってきだすと、頭の方も覚醒の一途を辿り、二度寝に向けていた心身の態勢はそこで大きく崩れてしまった。

こうなれば最早、彼が今、この場で採るべき行動はただ一つと云うことにもなってくる。

アタフタとせっかちにトランクスを脱ぎ捨てると、棒のようになったマラを握りしめて再び布団の上に引っ繰り返り、佐由加を正常位で激しく犯す夢想に耽りつつ、自分を汚すことに没頭せざるを得ない。

またこれを一回では慊《あきたり》ず、初手の射精の余韻をかって、すぐと二回目に取りかかる流れとなったのも、致し方ないと云えば云える話であった。

が、それですべてを出しきって、淫心霧散後の痴呆状態に陥った段になると、彼はつくづくこんな自分が愚にもつかぬ、この世に全く必要のない存在に思われてならなくなるのである。

日曜の昼ひなかから、一言も口を利いたことのない近所の女のショーツに淫心勃発し、すぐとかような行為にいそしむこの自分が、何んとも浅ましい、この時点ですでに社会から抹殺されるべき性犯罪者予備軍の、紛れもない一人みたいに思われてならないのである。最悪なことには、彼はその手にかけては、確かに血統書付きなのだ。

それで彼は、もう二度寝を楽しむ心の余裕もなく、今のこの心身の虚しさを一刻も早くリセットしたい一心で、いったん外に出て脳中の澱んだ空気を入れ換えることにした。

で、も一度枕元のトイレットペーパーのロールを取って亀頭を一拭いすると、服を着けジャンパーを羽織り、頭髪の寝グセを水道水で一寸濡らし、そののちに悄然と階下へと降りていったのである。

そして、力なく宿を出たその貫多の足は、まずは古い邦画の三本立てを週替わりでかけているニュース劇場を目指し、野毛へと至る緩い坂を下りかけたのだが、ふとそこで、このままあの界隈へ行ったところでどうなるだろう、との素朴な疑問が頭に浮かんできた。

どうでやることと云えば、朝昼兼用の飯を食い、映画を観て、そしてまた何かを食べて戻ってくるだけのことだと思うと、何んだかこれも、随分と不甲斐のない行動のように感じられてくる。

以前はその一連の流れに、のぞき部屋やファッションマッサージでの射精遊戯を加え、最後は飲酒で締めて、〝小豪遊〟なぞと称していたが、しかしそんなことで無上の満足感に浸っている、この自分の情けない稟性《ひんせい》を佐由加が知ったら一体どう思うかしら、なぞ云う考えも、何やら頭を掠めてくるのだった。

おそらくこれは、今の先まで浅ましい行為に耽っていた、自分自身に対する嫌悪感からまだ立ち直っていない状態のなせる疑問でもあるのだろう。

しかし本来の根は極めて含羞体質にできてる彼は、やはりこのときばかりは、この上にかような薄みっともない、豚の幸福を良しとする気分にはなれなかった。

と、とつおいつ考えて、すっかり行き暮れた感じになったそのときに、ひょいと思いだされたのは先般に文庫本で読んだところの、「泥の文学碑」である。

その物語の中に出てきた、田中英光なる純文学の作家のことである。

それだったら時間もたっぷりあることだし、今日はかねて気になっていたところのその作家の著作を探してみようか、と云う気分になってきた。

無論、探すと云っても、貫多にとってそれはあくまでも古本屋においてのことだったが、しかし、ここまで一人の作家に絞った上での探求は、これまでになかったケースではある。

いつもは、まるっきり手当り次第の気分次第で、ヒマ潰しになりそうなものを均一台にて漁る流儀だったから、こうした初の〝探し物〟をするのも、これは案外に新鮮な面白味があるやも知れぬ。

ならば早速やってみようか、と、貫多は再び緩やかな勾配の坂をおりて行こうとして、そこで再度ピタリと足を止めるのである。

折角にそうして時間があるのだから、野毛から伊勢佐木町に出ての見慣れた七、八軒を覗くばかりでなく、今日は近場だが、これまで馴染みの薄い店の方から攻めてみたい意欲が俄かに起きてきたのだ。

この界隈は東西に、意外と古本屋が点在する地域でもあった。今挙げた方角の七、八軒の他に、それとは逆方向に当たる高島町にも二軒あり、戸部の駅近くにも一店、わりと黒っぽい本も扱う、昔ながらのいい雰囲気の古書店が存在している。

後者の店には、引越してきた直後に周辺探索の途次で見つけて、一度入ってみたことがあった。そのときはこれと云って読みたいものがなく、手ブラで出てきてそれ以降は行ってないが、整然と古書が陳列された店内は、お固い感じの近代文学の関係書が、やけに幅を利かしていたとの記憶がある。

そのときは、まだ田中と云う姓の小説家は貢太郎ぐらいしか知らなかったから、或いはかの棚を改めてじっくり眺めてみれば、そこに田中英光の著作も一冊ぐらいは挿さっているかもしれなかった。

で、そこになければ、次にはやはり一度入ったきりの高島町の二店にも探しにゆき、しかるのちに伊勢佐木方面を廻ってみると云う流れとするのである。

これはなかなかに効率的、かつ、いい消閑作用のある古本屋巡りになりそうだった。

ここのところ、随分とアルバイト仕事に精勤していたこともあって、しばらく遠のいていた楽しみである。

なので貫多は幾分気持ちを取り直し、やおら踵を返すと住宅街の中の坂道を下りる方に進路を変え、まずは戸部へと向かってゆくのだった。

そして――最初に飛び込んでみた戸部のその店で、まったく嘘のような展開があったのである。

かの古風な店内に入り、一番手前となる棚の上段から本の背を眺め始めようとした彼は、そこに――その棚の天板の上に積み上げられている、いくつかの揃い物が並ぶ中に『田中英光全集』の文字の見える一束があるのを、すぐと気が付いたのだ。

それは、全十一巻にものぼる分量のものだった。

まず、かの作家の全集が「泥の文学碑」で描かれていた架空のそれ以外に、現実の世でもまるっきり別個のものとして存在していたことに驚いた。

そして探し物がいきなり目に入ったことにも大いに驚き、その巻数の多さも何やら随分と意外に思えるものだった。

享年三十六の短命の作家に、これ程の業績が実際にあったとはまるで予想外だったし、版元はビニ本で有名な、あの芳賀書店であることにもかなりの意表をつかれた。

そしてもう一つ云えば、その全集に吊り下げられた短冊に、売価として記されたところの一万八千円と云う値段にも、何か大いに駭魄《がいはく》したのである。

貫多は、当然この揃いの書物の内容を直に確かめてみたい希求に駆られたが、とは云えその値段が値段である。近時多少は金廻りが良くなってきたとは云っても、しかし一万八千円もする本に、そう簡単においそれと手が出るまでには、やはり到りはしていないのだ。

先にも云ったように均一台の、カバーのとれた三冊百円の文庫本ばかり拾っている彼に、その価格のものは土台無茶な話である。プロの女体の中に精を放つのと、全くの同額なのだ。

貫多は我知らず溜息を一つ吐き、恰も五十円しか持たぬ子供が駄菓子屋で、千円のプラモデルの箱を見つめているのと同種の目付きでもって、その全集の一束を長いこと見上げるかたちとなってしまった。

かの全集は、本来は各巻に黒色の函カバーがかけられているようだったが、眼前にあるものはそれが半数以上失われており、付属している四、五冊のも背の白ヌキ文字がまるで薄茶色に変色し、ところどころ破けてめくれ上がっているのがやけに目についた。

つまり、状態も甚だ芳しくないのである。

この田中英光と云う小説家の作に興味はある。が、内容的にも、そして本の外見的にもそれだけの金額を費して、今、入手する必要があるかどうかがふと疑問にも思えてきた貫多は、ひとまず目を棚挿しの本の方へと転じる。

そこに並んだ古書の中に、該作家の手頃な復刊書でもないかとの淡い期待を寄せたのだ。

そして先に述べた、この店での嘘のような展開とは、実はその段に至ってあらわれたのである。

大まかに近代文学のジャンルに含まれる古書群が無系統、不統一に挿されたその棚に、何んと、かの全集の一巻と七巻と九巻が並べられていたのである。

反射的に手を伸ばした貫多が、最初に摑んだのは第七巻だった。

函カバーの背の下部に記された惹句の中に、〝頽廃〟と〝死〟の文字が交じっているのをチラリと認めた上での、瞬間的な選択であった。

引っこ抜いて、その函の平《ひら》を見た途端、ハッと目が釘付けとなった。

思いがけずも、そこには著者の肖像写真があった。

初めてその風貌を目にしたわけだが、これまでの想像に反した、坊主刈りの若々しい感じの青年である。

その上には小さい活字で、びっしりと内容紹介文が記されている。その一部の、〈献身的な党活動の挫折後、／英光は反転してデカダンスへと変貌する／――愛人との同棲、アドルムの乱用、爛酔、／愛人刺傷、精神病院、謂わば天国と地獄を／駆足で一周してしまったような異常な生命の劇の中で／燃やし続けた驚くべき文学的執念!!〉

との一節を走り読みし、これが確かに「泥の文学碑」中に書かれていたことと符合するものであることを感じ、貫多の心中の興奮は更に加速する。

ついで函から本体を出し、扉をはぐると、口絵に改めての肖像が掲げられていた。いかにも終戦直後と云った雰囲気の、どこかの店内らしき場所である。その椅子に正面を向いてデンと腰かけているその作家は、成程、かなりの巨体の大男に見受けられる。

背広を着てネクタイを大胆に緩めているが、それがひどくダラしなく見えるのは、ズボンの裾をヘンに捲り上げて毛脛をむき出しにしている点や、ズリ落ちた靴下、汚れたドタ靴と云うもろもろの身装りの悪さとの相俟り具合もさることながら、やはりその顔の表情の方に、より由来している面があるようだった。

油っ気のなさそうな逆立った髪と、弛緩した頬の輪郭の中でやわらかな笑みを湛えたその目は、しかしどこかドンヨリとしており、薬物中毒者の痛ましい濁りが表れ出ている。

凶暴さと繊細さが二つ歴然と同居を示した、まことに不思議な容貌だ。

だが、それでいて綻びた口元より覗いた前歯が一部欠損しているのが、何んともユーモラスな印象でもある。

函カバーの肖像とはえらい違いを感じたが、その方は若年時のスナップであったことはすぐと知れた。こちらの口絵には、写真自体に自署したらしき識語の横に、〈昭和二十四年十月四日〉との日付が添えられていたからである。これはかの作家の自裁一箇月前にあたるものらしい。

更に続けて奥付の方を見た。発行は昭和四十年二月となっている。貫多が生まれる二年半前に、すでに発売していた本だった。

と、そこで彼はようやくに思いだし、この端本の売価を確かめてみる。古本を手にすると、まずその値段から見る習性を持つ彼にとり、それは極めて珍しい手順のミスであった。

それだけこの全集バラに動揺していたとみえるが、千五百円との値札が貼られたそ

の安価に、彼は尚と激しい気の昂ぶりを覚える。そして、

（余裕で、買えらあな）

とのうれしさと安堵に、心中で莞爾《かんじ》と笑うのだった。

それらのうちの第七巻は、「泥の文学碑」中にも紹介されていた晩年の無頼派時代の作を集めたものであるようなので、これは一も二もなく購入することに決めたが、他の、それぞれ同じく千五百円の値が付けられた二冊については、名高いらしき「オリンポスの果実」が入った第一巻のみを併せて購《もと》めることにした。

今回入手した分の収録作が面白く、自分の口にも合うようだったら、そのときは追って残りの第九巻を買えばよいし、もしつまらなければすぐに売り払い、それでもう打捨《うっちゃ》っておけばよいとの流れである。

で、そんなにして入手困難かと思われた目当ての本に、まったく嘘みたいにしていとも容易く出会わすことが叶った貫多は、アパートの室を出たときのあの塞いだ気分はどこへやら、帳場で会計をする際にも、計三千円もの大金を費《つか》って古本を購《あがな》う自らの行為に些か酔った格好で得意気にお金を支払い、意気揚々とその古書店を出てきたのであった。

そしてその貫多の足は、いったん最初の予定通りに高島町へと向きかけたが、よく

よく考えてみると、彼はもう所期の目的を、見事果たしてのけてしまっていた。

この上、何も高島町の方を廻り、かなりの距離を歩いて伊勢佐木町までゆかずとも、すでに田中英光の著作は大量(収録作の数から云えば、との意だが)に仕入れている。それは慾を云うなら通勤時に読むものを幾つか入手しておきたかったが、とあれ今は、かの小説家の作を集中的に読める状況を得た満足感の方が強かった。正月の閑な時間も、おそらくはこの二冊の全集バラを読んでいれば、充分間《ま》が持つはずである。

なので彼は、とりあえずアパートの部屋に戻ることにしたのである。

すでに万年床と化してはいるが、未だ清潔な匂いのやわらかな布団の上に寝そべり、その作家の小説を一刻も早く、じっくりと読んでみたかった。

とは云え、朝昼兼用となるものをまだ何もお腹に入れていないことを思いだすと、宿に向けていた彼のその足は、自ずと一本外側の大通りの方へ逸れてもゆく。

で、その通り沿いの、例のラーメン屋に寄り道した貫多は、入口のガラス越しに一寸中を覗いてみて、時分どきのくせにたった一人の客しかいない、L字型のカウンターのその奥隅に、人の顔を無遠慮に睥睨してくるあの小娘がまた今日もチンと座っているのを見てとり、すぐとその場から離れ去ることにする。

彼が窺い見た途端、小娘の方でも顔をふり向け、バッチリ目が合ってしまったのである。

その子供らしからぬ（と、云っても中学生ぐらいだったが）無機質な蠟面じみた顔を見ると、何か折角のこちらのはずんだ気分が損なわれる感じがして、根が何事につけ保守志向にできてる彼は、この際の腹ふさげはさびれた横道に在する蕎麦屋の方で済ませることにしてしまう。

そしてそこでは熱い花巻き蕎麦の大盛りを誂えると、それが来るまでの間に、紙袋から先の全集の第七巻を取り出して開いてみた。

改めて目次を眺めると、何やら随分と魅力的な題名が並んでいる。

「泥の文学碑」中で列記のある「野狐」「魔王」「聖ヤクザ」「さようなら」等は、無論すべて収録されていた。

実に、面白そうなタイトルである。

他にも、「愛と憎しみの傷に」とか、「月光癲狂院」「君あしたに去りぬ」「白状します」「ヒラザワ氏病」なぞ、何んとも云えぬ香りがあって、まことにいい感じだ。貫多は蠱惑的なタイトル付けの名人、横溝正史で読育を経てきたせいか、題名の上手い小説にハズレはないとの経験則を持っている（その英光が、実はタイトルが上出来なのはこの第七巻に収録されたものぐらいであり、他は芸もヒネリもないのが多いのを知ったのは、この少し後になってからのことだ)。

で、思わずその内の一篇、「離魂」の冒頭を一寸試し読みのつもりで目をさらしてみると、忽ちに、その最初の十数行だけで不思議な感覚に包まれた。

今までに読んだことのない語り口である。

イヤ、こうした一人称の小説自体は別段珍しくもない。横溝正史の変格物にはこのスタイルを採っているのが数多くあるし、それこそ江戸川乱歩や夢野久作、山田風太郎の現代もの等でもさんざんに読んできて、すでに知っている味ではある。第一、雑駁に云えばこんなのは、エッセイではお定まりになっている書き出しだ。

が、田中英光のその十数行には、それらと似て非なる、と云うか、実質まったく異なった何かが感じられた。

これは予想以上に楽しめそうだ、と舌舐めずりしたところに、間《ま》が悪く注文のお蕎麦が運ばれてきてしまう。

それを持ってきてくれた愛想のいいおばさんとは、貫多はまだ親しい口を利いたことはなかった。根が歪み根性にできてる彼は、確かに表面上の愛想はいい先方が、たまさか食べに現われる自分の暗い風情と身なりの汚なさを、その内心では大いに敬遠しているらしき雰囲気を敏に感じ取っていた。

それはこのときもそうだった。ニコニコしながら湯気を放つドンブリを卓に置きつつも、彼の手にした古びた薄汚ない本に心中で眉を顰《ひそ》めている様子はアリアリと伝わってきていたのである。

だから平生はかような忖度には僅かに気分を塞がれ、少し悴けながらポソポソとお蕎麦をすする貫多だったが、しかし今回は最早頭が件の小説の方に行ってしまっていることもあり、折角にありついたドンブリも半ば機械的に口へ運び、おつゆも殆ど残して席を立つと、すぐと宿へ急ぎ帰ったのである。

そしていよいよ本腰を入れて、かの小説――最前の取っかかり上、まず「離魂」から読み始めたのだが、その貫多はそれから夕方までの五、六時間で一気に十作、巻の約半分の頁を何やら憑かれたように消化することになってしまった。

室内が翳り、どうにもの必要に迫られ電気のスイッチを捻るべく立ち上がったとき、そこでようやく小便の用を思いだした程である。

またその段になって、日中は陽光を取り入れる為に黒のゴミポリ袋の一部をめくり上げた窓の向こうでは、いつの間にやら例のマーブルショーツが取り込まれていることにも、初めて気がつく。

その気配さえをもまるで感じぬまま、小説の世界に没入していたらしい。

貫多は再び寝っ転がり、また煙草を無意識のうちに次々と灰にしつつ、更に二つの短篇を読む。

読み終わるとムクリと起き上がったが、抑えようのない興奮が身の内よりジワジワ這いのぼって、これにどうにも居ても立ってもいられぬ感じに追い込まれると、またぞろ宿の外へと飛びだしていった。

どうしよう、と思っていたのである。とんでもないものを読んでしまった、との気分になっていたのである。

とにかく、その文章にも驚いていた。ヘタ過ぎて、驚いていたのである。

こんなのが純文学であってもいいのか、と思った。そしてこんな純文学がこの世にはあったのかと、その余りにも共感できる内容の面白さに圧倒されていた。それが、わけの分からぬ興奮を激しく誘《いざな》っていた。

ムヤミと読点の多い、そのくせ改行が殆どないその文章は、中卒の、根が押しも押されもせぬ劣等生にできてる貫多の目にすら、恐ろしく箆棒なものであった。しかし、何やら読まされるのである。

書かれてあることも自身の愚かな振舞いの、その不様さをくどくど述べ立てているに過ぎないのだが、しかし、何やらユーモアを湛えた筆致で一気に読ませてくるのである。

アクチュアル、とでも云うのか、どんなに陰惨で情けないことを叙しても、それはカラリと乾いて、まるで湿り気がない。どんなに女々しいことを述べていても、それにも確と叡智が漲り、そしてどこまでも男臭くて心地がいい。

自身の悲惨を、何か他人事みたいな涼しい顔で語りつつ、それでいて作者はその悲惨を極めて客観的に直視しているのだ。

本当に、純文学と呼ばれる類の一つも面白みのない、一部の気取ったお利巧馬鹿な老若男女のみが無駄に好んで無意味な意義を無理矢理見出す、まことくだらぬカテゴリー内の小説に、こんなにも面白く、こんなにも真の価値を認められるものがあったことは驚きであった。同じ〝純文学〟でも、そんじょそこらの〝純文学〟とは〝純文学〟が違う。明らかに、格が違っている。

またこれは、過去にいくつか目を通したことのある、いわゆる私小説の系統の作とも、その面白さの点ではるかに上を行っていた。ダイレクトに、こちらの心へ響いてきた。

この小説に接した余りのうれしさに、もう、どうしようかと思ったのである。

一気に紅葉坂をくだり、興奮状態のまま桜木町の駅の方角へ突進していた貫多は、ふと気付いてハタと足を止めた。で、廻れ右をすると、元きた道を慌てて引き返してゆく。

こんなことをしている場合でなく、また室に戻って田中英光の私小説を読む必要性に迫られたのである。

そしてそれから三時間ののちに、一巻すべてを読み上げて、またもや屋外に飛びだしてきたときの貫多は、すでにその脳中は田中英光のことで一杯の状態だった。

今先に覚えた作中の一節を脳中に反芻し、口絵の肖像を思い浮かべ、やがて〝英光、英光〟と呟きながら、何かの精神的な病に冒されたかのような顔付きと足付きとでもって、身の置き所のない異様な心身の昂揚を鎮める為に、界隈をウロウロ歩き廻ったのである。

その翌日は、垣之内造園の年内最終日であった。

常通りの七時に起きた貫多は、常通りに流し台へ立って小便を済ませると、また布団に戻るや腹這いとなり、煙草をくわえて枕元の『田中英光全集』第七巻を取り上げる。

出勤までの僅かな時間、そのページをパラパラはぐっていたが、これを電車の中で開くには些か嵩ばりもするので、代用品として『泥の文学碑』を携行することを決め、勢いよく起き上がった。

そしてその時点で、彼の頭の中の景色は油井佐由加の方に切り換わる。

今日の忘年会を兼ねた餅つき行事が終わると、向こう一週間は佐由加の姿を見ることができなくなってしまう。

なので先日の飲み会の際の、あの手応えの好さもあり、貫多はこの日は今一歩、彼女に対する態度に積極性を加えるつもりであった。それを表す、またとない機会でもある。

再度流し台の前に立ち、顔を洗って歯を磨き、水道の水をボサボサ頭にペタペタなすり付けて寝グセを直す彼は、この朝は至極幸せな気分だった。

十時間後に真逆（と云う語はないが）の心境に陥る羽目となることはツユ知らず、何んとも愉快な、明るくあたたかいことこの上ない心持ちで、佐由加の笑顔を思い浮かべつつ、いそいそと身仕度をするのであった。

九

平生の入構時刻に寸分違わぬと云うかたちで桜木町駅の改札を通った貫多は、これまた平生と同じ時刻の根岸線の、いつもと同じ車両に乗り込んだ。

が、その車内の方は、平生よりも随分に閑散としている。

元より大船方面への下り線なので、普段からいかな通勤ラッシュの時間帯と云えど座席にありつけなかった様《ためし》はないが、この朝のかの車両は、乗客も目視で数えられる程度のもの。

かつ、それらの乗客は、いずれもくたびれた身装りの労務者風の男や、醜い顔付きの初老の女ばかりであり、年の瀬の、仕事納めを過ぎた時期の特有の間延びした空気に混じって、どこか得体の知れない疲弊感のようなものがそこはかとなく漂っている。

その中にあって、貫多は自らの存在が何やら妙に誇らしかった。

出で立ちこそ、それはこの場の者たち同様か、或いは尚と薄汚ない感じの安物のジャンパーを着込み、何箇月も洗わぬ、すでに時代遅れの霜降りジーンズを恥ずかし気もなく穿いてはいたが、しかし彼は、現在恋をしているのだ。

この車両内の者は、おおかた平塚辺りの競輪場にでも行って（この日が開催日かどうか、ギャンブルの類を一切やらぬ貫多はまるで知らぬし、また仮に開催されてたとしても、殆どの者は横浜から東海道線に乗り換えているであろうから、これはすべて彼の勝手な想像だったが）浅ましく一喜一憂を繰り返した挙句、丸損こいてまた帰ってくるだけのものだろうが、自分はこれから想いを寄せる油井佐由加と、少なくとも夕方までは同じ空気を吸えるのである。

またこれは、その場の状況とも相談しながらのことにはなろうが、今日はこれまでよりも、一歩どころか二歩三歩と彼女との距離を詰めてゆき、それがうまくゆけば夜にも二人きりでお茶を飲めるかもしれないし、明日か明後日もどこかで待ち合わせな ぞして、うれしくて楽しい時間を過ごし得る可能性すら前途にひらけているのだ。

この夢と希望に満ち溢れた現在の我が身の状況を思えば、かようなドス黒き負のオーラが流れる寒々とした車内にあっても、貫多は胸の内を走る甘酸っぱい感情についついニヤけてきてしまうし、自分以外の他の者は一体何が楽しくって、こんなにしてのうのうと生きているのかが、どうにも不思議に思われてならなかった。

なので彼は、

（この、薄みっともない人生の敗残者どもめが！）

と、心中で罵声を発し、今一度その車内を蛆虫の群れを眺める目付きでもって睥睨したのち、ドカッとシートに腰を下ろして、窓から射し込む真冬の澄んだ陽光を、恰も自分のみに降り注いでいるかのものであるような感覚のまま、おもむろに尻ポケットより『泥の文学碑』を取り出すや、微笑を湛えてそのページをはぐるのであった。

そして程なくして下車駅でのホームに降り立った貫多は、その途端ニヤけた思いを押し殺し、俄かに自意識を全身に張り巡らせるのである。

ひょっとしたら今、やはりこの駅を利用する佐由加と、バッタリ出会わしてしまうかもしれないのだ。

そんな際に、いつもの俯き加減の陰鬱な、彼本然の卑屈そのものの顔付きでいるのが彼女の目にふれては上手くない。折角に、これまで彼女の前でさんざ演じてきたところの、自らの孤高のローンウルフのポーズや、それのギャップとして必要だった明るく朗らかにも振舞っていたプロフィールが、すべては嘘っ八の小芝居であったと思われてしまう。そんなことを思われた日には、もう、お終いである。

だから彼は、近時本格的に佐由加に思いを寄せるようになってからは、この万一のふいの遭遇の事態に備えて、もう駅到着のこの時点で、逸早く擬態の開始を行なうようになっていたのだ。

ホームに降りると同時、ポケットからハイライトの袋を取り出して一本をくわえ、ゆったりとした動作で火をつけたのち、全神経を視覚に集中させながらも、いかにもさり気ない感じで四辺を見廻すのである。

周囲に彼女の姿を確認できなくても、要心深い彼はくわえ煙草のまま改札を通り、駅の構外にいったん出るまでは、この、ウルフのポーズを崩すことはなかった。

云うまでもなくこの場合、煙草をくわえたままで改札を通ると云う〝孤狼アクション〟を演じきるのが重要であり、かの行為こそ、佐由加に是非とも見てもらいたい中学生的な願望を抱く貫多は、いつ彼女の目に止まってもいいよう、これは毎朝欠かさずに敢行していた。

その一方で、彼は朝食としての立ち食いそばは、すでに駅の構内に入った方の店の利用は避けていた。

これも額から大汗を垂らして、卑しくドンブリに顔を埋めてる自分の姿を万が一、彼女に見られることを怖れた為である。それは間違いなく、マイナス査定の対象にされてしまう。

その駅には、改札を出た正面にチェーン店のスタンドがあったが、開放された自動ドアの奥向こうは、やけにこう、外からの見通しが良いのだ。カウンターの一番隅にでも行って、その前後を他の客が囲みでもすればともかく、知り合いであれば、一寸した角度からその店内での存在を充分に確認でき得るロケーションなのである。

それが為、最近の彼はもっぱら朝のおそばは、垣之内造園とは逆方向の出口にある、小さい商店街の取っつきのところでもって、老店主が一人でやっている古びた店で食べることにしていた。

しかるのちに例の弁当屋で昼食用のドライカレーを買い込み、それからその横の踏切を渡って、反対側の——即ち造園会社につながる通りへと軌道の修正を図ると云う流れを、ここしばらくの間は判で捺したみたいにして繰り返していたのである。

このコースに入ってしまえば、仮に自身の一、二分後に駅から佐由加が出てきたとしても、まずこちらの存在を目視できようはずもないから、彼の方でもいちいち擬態を意識することなく、気を緩め放題でいられるし、大汗かきかき、熱い麵も心置きなく貪り食えるのである。

で、この朝も、周辺に佐由加らしき姿は見当たらぬことの確認を終えて、やや心の武装を解除した貫多は、やはりこれまで同様、かの道筋の方へと足を向けかけたのだが、その際に正面の立ち食いチェーンの店内へ何気なく目を向け、瞬間、ギョッとなった。

その横一列に伸びたカウンターの一番手前のところに、佐由加の姿があったことに虚をつかれたのだ。

しかし足を止めて、もう一度よくよく確かめてみると、それは単に背格好と髪型が随分と似てるだけの見も知らぬ若い女であり、これには何やら心底からの安堵を覚える。

朝っぱらからこんなところで中年男に混ざり、必死に何かを食べている、その浅ましい姿があの佐由加であったなら、それは百年の恋も一瞬にして醒めようと云うものである。

何度も云うように、彼は根がどこまでもスタイリストにできていたが、その根は彼の相手となる女にも是非とも同等程度に持ち合わせていて欲しい、いわば一つの嗜みでもあるのだ。

それだけに、かの薄みっともない女が佐由加でなくて良かった、との思いを今一度反芻しようとしかけていると、ふいと背後から、

「おい」

と低い声が響いてきたのと同時、肩口をドスッと突かれてきたので再度ギョッとして振り向いてみると、そこには梅野の不愛想な仏頂面があった。

「よう。なに突っ立ってんだ？」

ぶっきらぼうな口調で尋ねてくる梅野に、貫多は何がなし、少しテレ笑いのようなものを浮かべつつ、

「あ、いや……あすこにいる女が、一瞬、上の事務所のあの女の子に見えたもんだから」

有り体に答えてみせると、梅野も一寸その方を、僅かに小腰をこごめ、窺うようにして覗き込み、

「ふうん。あれ、あいつか？」

なぞ、余り興味もなさそうな調子で呟く。そして、

「横を向いてるから、よくわからねえな。もともとあいつの顔も、よく知らねえし……まあ、いいや。行こうぜ」

と、それでもう目を転じてしまったが、すぐと再び貫多の方を見やり、

「ああ、食ってくのか？」

気付いたように、件の立ち食い店のことを指してのニュアンスでもって聞いてくる。

「あ、ウメさんは？」

「俺はいい。出てくる前にパンを食ってきたからよ」

「そうですか。じゃ、ぼくもやめとこうかな。どうせ今日はきつい作業をするわけじゃないし、昼からはいろいろ御馳走してもらえそうだから、どうせなら出来るだけお腹を空かしておいた方がいいかもしれない」

このときの貫多は、はなの段取りでは立ち食いをすったのちに、やはり例の弁当屋にも廻ってみるつもりでいた。無論、今日はドライカレーを仕入れる必要はなかったが、その店が年明けは何日から営業しているのかを調べておきたかったのである。こちらの仕事初めの日に、わざわざ遠廻りをして買いに行って閉まっていたのでは、甚だ不合理だ。

しかし、これは閉まっていたらいたでどうにでもなるし、折角に梅野と出会わしたのであれば、もうそのままに連れ立って、ブラブラ職場へと向かうことにした。で、その道すがらに、

「――いや、さっきの女ですけど、あれ、よく見たら事務所の彼女とは全然違ってました」

またぞろ最前の話をムシ返すようにすると、梅野はチラリとその彼の方を見て、

「ふうん。そうか」

やはり興味もなさそうな、まるで木で鼻を括ったみたいな返答を発する。

「……でも、あれがあの事務の子だったら一寸困ったことになってましたよ。なぜって、あんな風にして朝から天丼なんかをガツガツ食べてる女が同じバイト先にいると思うと、それが狭い規模の職場であるぶん、何んか妙にイヤな感じがするじゃないですか」

尚も貫多が云うと、梅野はこれにも気だるそうに、

「別に、女だって天丼ぐらいは食うだろうよ」

どうでもいい、と云わんばかりにボソッと答える。

「うん、そりゃあ、まあそうですけど……でもね、朝から天丼って云うのがイヤじゃないですか。しかもそれが、立ち食いのスタンドってところが、もっとイヤじゃないですか」

「そうか？」

「そうですとも。ローソンでパンとかサンドイッチを一寸買って、事務所の机で食べるとか云うんなら分かるんですけど、あんなのは、女子が入るような店じゃないですよ。それを一人で堂々と利用し、恥ずかし気もなく天丼なんかを頬張ってるって云うのが、ぼくには随分と見苦しいものに思えるんですよ」

「ふうん」

「家でなら、どんなものをどう貪り食べようと、それはいいんですけどね。ただ公衆の面前で、十九、二十ぐらいの女がドンブリ飯をかき込む図なんてのは、これは全然みっともいいもんじゃないですね。ぼくはそう思います。あまつさえ、それをああ云うところで食べたがる了見自体、ぼくは大きに慊《あきたり》ませんね」

「ふん……」

「女子には、朝はトースト二枚ぐらいを可愛く食べてて欲しいんですよ。それも、母親が用意してくれたトースト主体のスープやサラダの付いた朝食セットであったなら、尚と理想的ですがね。それを、朝ご飯にドンブリ物なんて、そんなの小汚ない土方野郎が食べるものですよ」

貫多が一方的に、さして意味もない太平楽を述べ続けていると、梅野はそこで珍しく、ふいとひどく乾いた感じの笑声を挙げてきた。そして、

「でもよ、北町くんは別にあの事務の子が、そこで天丼食ってるのを見たってわけじゃねえんだろう？　たまたま別の女が食ってるのを見間違えただけで、あの子が朝からどんぶり飯を食ってるとか、それは全部自分の想像の中での話なんだよな」

と、これまた珍しく、目元にも笑みを刻んだ穏やかな表情を振り向けてくる。

「まあ、そうです。すべてはぼく一人の推量が元ではあるんですけどね」

「なんだよ、それじゃ話の進めようがないじゃんかよ。いったい、どこに話を持っていきたいんだよ」

「アハハ、まあ、一種の戯れ言です」

そう云われてみて、貫多も何か俄かに馬鹿臭い思いになり、慌てて作り笑いを浮かべつつ取り繕うと、

「まあ、なんて言うかよ、あの事務の子に、北町くんが惚れてる感じみたいなのは……それはなんとなく伝わってきたけどね」

梅野は言葉を選ぶようにしながらも、その性格の故かズバリと言い放って、そこでまた一寸笑ってみせる。

これに貫多はみるみる赤面したが、何か梅野にそう言い当てられたのがヘンにうれしい感じでもあり、殊更に否定はせずに、ただデレデレ照れながら、そのまま垣之内造園への入口に至る角のところまでやって来た。

と、そこを曲がる前に、梅野は少し改まったような調子で、

「まあ、がんばれよ。あの子の私生活でのつきあいがどんな感じになってるのかは知らねえけどよ、この会社の中だけに限ったことで言やあ、他の連中はみんなカッコばかりつけてるだけで、当たって砕けてみせるだけの気概もないのが揃ってるから、特

にそう、焦ることはねえよ。俺も応援してやるからよ」

なぞと励まし、そして貫多の肩口をまた一つ、ドスッと突いてくるのだった。


その朝の佐由加は細身の、尻にも腿にもピッタリと貼りついたジーンズをはき、そして髪をいわゆるポニーテールのかたちにして、すでに堀田と共に、事務所内の神棚の中のものを下ろしている最中であった。

タイムカードを捺す為、梅野のあとに続いて室内へと入った貫多は、いきなりその、いかにも〝女子〟と云った風の彼女の丸い瞳と目が合い、すでに心の武装は開始していたものの、やはりその眩さには激しき動揺を覚える。

それで彼は、傍らの梅野の肩口を、いきなりゴツリと殴りつけた。

別段、これはテレ隠しによるものではなかった。また梅野も何もその際に、最前の話の流れのまま、貫多に何んらかの目配せなり揶揄の態度なりを取ったと云うわけでもない。

単に先程二発ばかり突かれたお返しを、今、この場で――佐由加の目の前でしてみせたくなったのである。もって、彼は自分が年上の者にもこうした行為をとれる、つまり仲間うちから一目置かれた若武者的なイメージを、ここでまた一つ、彼女に植えつけたかったのである。

とは云え、その辺の機微には疎そうな梅野が反射的に怒りださぬよう、充分に加減した上でのその打撃を何んと取ったか、梅野は無言で肩口をさすり、自分のカードをガチャンと捺すと、そのまま黙って事務所を出てゆく。

この梅野の性格をつくづく有難く思いながら、貫多は五感の神経を眼前の佐由加に集中させ、その反応を窺っていたが、そこでポツリと声をかけてきたのは、やはり彼女の傍らにいた堀田の方であった。

「朝早くから御苦労さん。昼前までに一気に終わらせて、それであとは目一杯飲もうぜ。北町くんの酒は普通じゃないから、俺も今日は覚悟してきたんだ」

そう言ってニヤリと笑う堀田に合わせるように、そこでようやく佐由加も再び貫多の方に目を向けると、無言でニッコリ笑ってくれる。

これに貫多は瞬時にして大デレとなり、「はい」なぞと短かく返事を発しただけで、手にしていたタイムカードをラックに戻すと何やら逃げるような格好で階段を一気に下りてきたのである。

その彼は、ちょっと今の自分の世慣れぬ感じの態度に不様なものを覚えながらも、しかしすでに自らが〝若き酒豪〟のイメージを得ているらしきことには深い満足感を得ていた。

何につけ、貫多は佐由加に対しては肉体的にも精神的にも強靭な、これまでの彼女が知るところの同年の男にはまるでいなかったであろう〝破格〟のイメージを持たれたかった。

これだけ可愛いのだから、公私にわたって彼女に言い寄ってくる男は数多いるのだろうが、自分はそれらとは一味も二味も違う、中卒タフ・ガイの、その新鮮さを感じ取ってもらいたかったのだ。

これは一面、貫多にとっては自身の中卒と云うハンデを埋める為の、一個の虚しい方策でもあった。性犯罪者の伜《せがれ》たるハンデに対する方策は、また改めてじっくりと考えなければならないが、取りあえずは中卒の方の部分を、これによって幾分かはカバーできるものと思いたかった。

なのでこの点で云えば、今の堀田の言は彼にとって随分といい働きをしてくれたことが有難くもあり、何んだかえらくこの日に幸先の良いものを感じて、上機嫌で作業員の溜まり部屋の方に入ってゆくと、そこにはすでに全員が思い思いの位置に陣取って顔を揃えていた。

だがその室内は、やはりどこか長閑な雰囲気が流れている。殊に一昨日の土曜までは、連日早朝から夜まで追い立てられるような時間を経《た》てていただけに、この妙にゆったりとした空気の流れかたには何やら気抜けするようなものさえあった。

一つには、この日は殆どの者――職人の久米、今戸、沖山の三老人を除くすべての者が作業着に着替えず、私服のままでいることも少なからぬ影響を及ぼしているものとみえる。

無論、貫多も作業着はすでに先週末の時点でロッカーより引き上げており、地下足袋も履かず軍手もはめず、ジャンパーだけを脱いだチェック柄の青いネルシャツ姿のままで、倉庫内の大掃除を開始した。

尤も大掃除と云っても、器具や道具の手入れは職人と社員の任と決まっているらしく、貫多たちアルバイトはそれらを倉庫の中から表に引っ張りだし、そして手入れの終わったものをまた収納するのがもっぱらの役目であり、あとは三台のトラックをゴムホースを使い、ザッと水洗いしたぐらいで、十一時過ぎにはあらかた、大図《おおず》のところでこれらは終了してしまった。

と、そのタイミングを見計らったもののようにして、ようやく母屋からボーダー柄

のセーターを着た垣之内が、ズボンのポケットに両手を突っ込みながらやってきて、

「おう、お疲れ。お前ら石鹼でよ、一人ずつ手え洗ってこいよ」

胴間声を張り上げ、溜まり部屋の内や外で煙草をふかしている者たちへまとめて指示を下してくる。

そして倉庫の入口辺で、梅野や後藤と共に固まっていた貫多たちの方にも歩み寄ってくると、

「おう、ウメ。後藤と北町に、ちゃんと掃除の仕方を教えてやったか」

蛇みたいな顔で薄く笑いつつ高圧的に尋ね、それに梅野が返事をすると、

「ふうん、そうかよ。なら、お前らも浴びる程飲んでっていいぞ。もうそろそろ、おっ始めるからよ」

貫多と後藤に向けて、一寸顎を突きだすような顔付きをしてみせ、それでふと何かを思いだしたみたいにして、スタスタとまた母屋の方に戻ってゆく。

その後ろ姿を眺めながら、朝から至って幸福気分の貫多はそこでつい、

「あの社長、『ふうん、そうかよ』ってのが口癖みたいですね。しょっ中云ってやがるけど、ぼく、あれを聞くたびに間髪入れずで、『ああ、そうだよ！』とやり返してみたくって仕方がないんですよ。そう云い返してやったら、野郎は一体、どんな顔を

しますかね？」

と、上機嫌のときの悪い癖で、他人をムヤミに貶める軽口を叩き、そして自分一人でアハハハと高らかに笑ってみせる。

するうち、また垣之内が倉庫前のスペースにやってきたが、その際に先代社長の父親と二人して運んできた年季の入っていそうな巨大な臼は、アルバイト連中には一切手を触れさせず、何か手伝おうとするのもピシャリと断わり、代わりに溜まり部屋からテーブルと丸椅子を運ぶように命じつけて、一方の、梅野と丸尾には近くの出入りの酒屋から、ビールケースを七、八個借りてくるように申し付ける。

順次そこには餅つき用の道具一式や木で出来た平たい函等が運び込まれてきたが、どう云うつもりかそれらはすべて垣之内の、三人の子供も含む家族の者のみが手を触れていいと云った感じで、実際、その餅つき自体もすべては身内だけで行ない、従業員はそれを輪になって見物し、要所要所でかけ声を発するだけの、何んだか甚だ奇妙なものではあった。

そして三人の子供が代わる代わる、猿のようなキーキー声を上げながら杵を振り上げ、振り下ろすのを、垣之内はその際にはカメラ係に徹し、ニヤニヤしながらパシャパシャと、我が子のその勇姿をフィルムに焼きつけることに余念がない風なのである。

これらのことに、貫多は、

（こりゃあ、この職場のアットホームな雰囲気と云うのも、その実体は随分とつまらねえものだなあ）

と、当初の感嘆はどこへやら、今は改めてそう思わざるを得なかった。

で、次には搗《つ》き上がった餅を、垣之内の妻と母親がヘンな白い粉を打った木の函の中で、手慣れた調子で素早く千切っては丸め、千切っては丸めを繰り返し、大小二つのサイズのそれを別の木函に並べ入れていって、程なくしてこの年末恒例らしき行事の一つは何んと云う事もなくあっさりと終わったが、当然その最中の貫多は、これらの作業をいかにもの珍しそうな表情で眺めていた佐由加の対面に終始立ち続けることに腐心し、彼女に気取られない頻度でその顔をチラ見することに、ひそかに励んでいたものである。

やがて、またぞろ垣之内の家族の者のみによって、重ねた木函の餅と道具一式がすっかり片付けられると、かの家族連中はもうこちらには戻ってこず、ようやくに従業員のみでの仕事納めの忘年会の方がスタートする次第となった。

但《ただし》、それは日中と云うこともあってか、月例の食事会や先日の宴時のように、酒も肴も云う程ふんだんに用意されたものではなかった。テーブル上には出前の握り寿司の大桶が三つと、服部なぞが金を出して買ってきたところの、乾きものの袋が幾つか載っただけの簡素なものであり、丸椅子にありつけない下っ端の者は空のビールケースを逆さにした上に座って、てんでバラバラに雑談を交わすだけの、極めて自由と云うか、甚だまとまりのないものではあった。

　これは明らかに、常の食事会の、あの一種統率的な雰囲気とは趣向を変えて、との意図のものらしかったが、今日も酒の席では、また自分が話題の中心となることを内心で強く望んでいる貫多にとっては、この趣きは何か慊《あきたりな》いものに感じられる。

　またここでは肝心の佐由加は、やはりテーブルの上座についた垣之内の隣りにもう一人の女事務員と共に置かれており、その卓は社員と三人の老職人とですべて占領してしまっているのが、尚と彼には面白くない。

　それでも図々しい丸尾や後藤なぞは、椅子代わりのビールケースを佐由加の背後近くに持っていって、うまうまと座の話題に入り込んでもいるようなので、貫多も二杯目のコップ酒を飲み干して、徐々に面の皮が厚みを増すのを待ち、その勢いに乗って自分も遅ればせながらに佐由加の後ろに付いた丸尾の、そのまた後ろ側へと移動を試みる。

　これまでの彼ならば、当然かような局面にあっては心中の焦燥感を押し隠し（が、少なからず表情の方には出るのだが）、少し離れた位置でまた孤狼のポーズを決め込んでいるところなのだが、何せこの日は朝起きたときからすでに心に期していたように、是が非でも佐由加との距離を縮めてみせるつもりであったので、その第一段階として、まずはこの点に少しく積極性を発揮してみる気になったのだ。

だが、そんなにしてその第一段階への踏み込みは果たしたものの、彼は自分が次に取るべき第二段階たる行動が果たして何んなのか、それについては皆目わからなくなっているのである。

佐由加に話しかけようにも、彼の前にはまず丸尾や後藤の後頭部があり、更にその向こうには堀田や服部らのイヤらしい中年男が左右に並んでしまっている。またそこには垣之内や津野田、それに老獪な久米と云った、彼の苦手なうるさ型の連中もズラリと揃っているのだ。

その中に割り込んで、自身も闊達に話に加わる為には、これはもっと大量のアルコールの力が必要であった。

それだから貫多は、その座の、いわば最後尾にあって誰からも注目されぬのを奇貨として、取りあえずは酔いを得る為に一人グビグビとコップ酒を飲み続けた。

が、後になって思えば、これは案に反しての大失敗だったのである。

そしてその敗因をもっと細かく検討するなら、それは朝の立ち食いそばを割愛したことが、最大の失策だったと云う次第にもなる。

何しろ、彼は空きっ腹であった。立ち食いをすすらなかったことで、昨夜来から、もう十二時間以上と云うもの、何もお腹に入っていない状態にあった。

そんなところへまずビールを流し込み、ついで冷や酒を立て続けに注ぎ込んでいったのだから、これはどうしたって、余りいい結果にはつながりそうにもない話である。

忽ちにして、カッカと熱い火照りが全身を駆けめぐってきたが、それは彼の場合は、同時に短気の虫と無駄な闘志をも呼び覚まし、噴出せしめる作用も少なからずもたらすものではあったのだ。

しかし此度《こたび》のそれは、最初のうちはまだフツフツと、僅かに沸き上がってきただけの静かなるざわめきのものであり、その段での彼は俯いて、ただひたすらに焦燥感に苛まれているのみの状態だった。

あれほど待ち遠しいものとし、そして或る一大決心のもとに臨んだこの日の餅つきと忘年会が、まるで自分の思い描いた展開を迎えぬことに、ただジリジリとした焦りを噛みしめるのみの状態だったのである。

これで——この不毛な流れのままで解散と云うことになっても、冷静に考えれば、それはそれでいいのかも知れぬ。元より、彼は佐由加に対しては長期戦で接してゆくことを確と決めていたはずだった。

だからこの場は人の輪の外にあっても、どこまでも超然とした態度を保ち、遠望する佐由加の笑顔を瞼の内にとどめるだけでいい。そして向後二箇月でも三箇月でもかけて、我が胸の思いをうまく彼女に伝えていけばいいだけの話のはずである。

だが、しかし——悲しいことに、彼は最早そんな明治時代の物語に出てくる書生みたく悠長には構えられぬ程に、佐由加への思いを膨らませきってしまっていた。

イヤ、膨らませきってしまっていた、ではなく、貫多の中で、それはすでに、今にも臨界点を超えようとしている。

それが為の今日の意気込みであり、そしてこれに基づく決行の第一段階だったのだ。

初手の計画では、この日の彼ははなから佐由加とフレンドリーに会話を楽しみ、もって彼女が自分に対しインチメートな感じを抱いてもらえるように持ち込んで、まずは二人の間の垣根を取っ払うつもりであったのだ。

なのにイザ蓋を開けてみれば、この態《てい》たらくである。

ロクに佐由加と語るチャンスすら巡ってこないとあっては、こんなのはもう、どうにも文字通りに、話にもなりはしない。

前方の一団の、何やら笑いさざめきながらの楽し気な声の応酬をひどく鬱陶しいものに思いながら、しかし貫多は一方で、今日のこの後の展開についてまでは、まだ諦める気にはなれなかった。

事ここに至った以上、それならばもう思いきって、終了後の彼女の帰路を狙うのである。

何んとかして、彼女が駅へと向かうその帰途に同行するように持ってゆくのである。

無論、ただくっ付いてゆくだけならば、それは案外に手易く果たすこともできよう。但、その場合は他の連中も集団で行を共にしての、単に〝皆で帰り道を駅まで連れ立って歩く〟との形態に限られることに違いあるまい。

それでは全く意味がないから、当然ここは二人っきりで帰るように事を運ぶのだが、まさかにその所望を、こっそり彼女へ耳打ちするわけにもゆかぬ。そんな挙に打って出ても、その時点で断わられたら、もう終わりである。それにて脈なしの、一巻のおしまいと云うことに相成ってしまう。

なので極めて自然なかたちで、彼女に警戒心も抱かせず、かつ、他の者は皆無な状況でこれを果たす——と、それについての必要条件を数え上げていったとき、貫多の思考はまたハタと、行き止まりの壁にぶち当たってしまうのである。

で、その貫多はあれを思い、これを思い、やがて淋しさのみが増すだけの己が焦りを持て余し、更にコップ酒を口に運び続ける。

そして飲む程に酔う程に、次第に彼の焦りは結句また、ドス黒い怒りの感情へと変わりつつあった。

何か、理不尽なのである。

どうして自分が、今この場でこんなにして、一人キナキナと思い悩まなければならないのか。それを思うと彼はだんだん自らに対して、得も云われぬ慊いものを感じてきた。

と、そこへまたドッと歓声が湧き、それにつられて顔を上げてみると、前方の丸尾の肩越しに僅かに瞥見できる後ろ姿の佐由加が、そのポニーテールの頭をのけぞらせて、何やらひときわ爆発的な哄笑を上げているらしい様子が目についた。

その瞬間、貫多の内に激しい怒りが噴火した。

人の気も知らず、他の連中とは何かヘンに打ちとけ、楽し気にしている佐由加を、後ろから酒の一升壜でもって、思いきり殴りつけてやりたい衝撃が突き上げてくる。

が、まさかにそれもできず、仕方なく高らかに舌打ちを一つ鳴らすと、別段それが聞こえた為でもなかろうが、ふと目が合った堀田が次の瞬間、

「なあ、北町くんはどうなんだ？」

と、彼の存在を俄かに思いだした感じで尋ねてきた。

これに貫多は、当然話の流れが全く分からず返答に窮していると、

「なんだ、聞いてたんじゃなかったのか。いや、今、みんなの実家の話をしてたんだけどな。北町くんは、正月は田舎に帰らないのか？」

堀田は笑顔で続けてきたが、貫多にはこの問いは甚だ心外、かつ不快であった。何んと云っても、彼は生っ粋の江戸っ子であるのだ。

「あっ、ぼく、生まれも育ちも東京の江戸川ですが」

最前からの懊悩に酒の酔いも加わり、恰度怒りにも火がついた折も折である。憮然を隠さぬ声を放つと、今度はこの彼のくぐもった声の奇妙な調子に反応したかして、座の者が一斉に貫多の方へ振り向いてくる。

「ぼく、生まれも育ちも江戸川ですがっ！」

もう一度、今度は絶叫するようにして繰り返すと、そこでは何故か微かな笑声も聞こえてきたが、貫多はそれを発したうちの一人が佐由加であったことを、目の端にハ

ツキリと捉えていた。

と、そんな貫多の感情の動きにお構いなく、今度は横合から服部が、

「へえ、そうか。北町くんは東京生まれだったのか。なんか、そうは見えないな」

何んとも、貫多にとっては非礼千万に当たる、とんでもない暴言を吐いてくる。

この一言に、貫多の怒りは脳中の一部に痺れを感じさせる域のものに到達した。

だが、それでもまだ辛ろうじて、

「……見えようが、見えまいが、少なくとも三代は続いた、レッキとしたもんなんですがね」

と、おとなしめの反論を急に息苦しくすらなってきた呼吸の間から絞り出すと、次には垣之内が、卓の上手より貫多の方に首を向けてきて、一寸怪訝そうな表情を浮かべながらも、

「ああそうだな。江戸っ子はよ、三代続いてなきゃとかって言うよな。それも俺に言わせりゃ、なんか変なもんだけどな。けどその点、ハマっ子はそんな固苦しい資格みたいなことをよ、とやかく言わねえからいいよ。でもよ、俺は生まれてからずっとここが地元だけどさ、本人はそんなつもりはまったくないのに、なんかハマっ子ってのは他県の人間には変なイメージがあるみたいでよお、カッコつけてるとかスカしてる

とか、なんかしらねえけど、よく言われちゃうんだよなア」

声の方は極めての上機嫌でデロデロと述べ立て、それをやはり横浜が地元らしき後藤が、

「そう、そう！　そうなんですよ！」

なぞ嬉しそうに、調子をこいた感じで手までをバチバチ叩いて追従する。

だが、貫多の方では今のこのやり取りは、まだ終わっていなかった。

彼の矜持の最たるところのものを、こんなにして勝手な、どこまでも一方的な印象批判で人格までをもコケにし、それでもう何事もなかったように次の話題に移ってしまっている、此奴らのいい気な得手勝手さが、どうにも我慢ならなかった。

それだから貫多は、初っぱなより左手から終始離さぬ状態の紙コップ中に、半分程残っていた冷やのトロリとした液体をグッと一息に飲み干すと、

「何が、ハマっ子、だよ！」

やにわに怒声を放った。

そして更に、

「横浜だのハマっ子だのなんてのは、ありゃ中区の全域と、あとは西区と南区の一部でのみしか云々する資格のないことだろう？　その地域以外はこの辺も含めて、ただ

の、どうしようもねえ片田舎じゃねえか。馬鹿か！」

と続けてやり、その場に居合わせる者全員の表情を、今度は洩れなく駭魄と緊張を孕んだものに一変させた上で、再び一斉に振り向けさせたのである。

十

座の者の驚愕の注視を一身に集めた貫多は、当然に平生の——シラフの際の、至って気の弱い常態であればこの瞬間で我に返り、うっかりと感情を爆発さしてしまった流れに大いなる焦りを覚えるはずだったが、しかしそのときの彼は、すでに冷やのコップ酒を六杯程もきこしめしていたから、もうこの世に怖いものはなくなっていた。

なので続けて、

「あんたらに云っても分からねえでしょうけど、本物の江戸っ子と云うのは、見た目はとかく野暮ったく出来てるもんなんですよ。上辺を飾ることこそ、野暮の骨頂と心得ているからね。そのあたりのところを見抜けねえんだから、どうにも田舎者は度し難し、ですね」

と、ほき捨てると、堀田がすぐさまそれに被せるようにして、

「なんだ、もうすっかりでき上がっちまってるなあ。やけに静かにしてると思ったら、さては一人で俺らの分まで飲んでたな」

いかにも場を取り繕う感じの、明るくからかうような口調で言ってくる。

だが、このもの言いにも貫多はカチンとくるものを覚え、

「何が静かにしてるもんですか。ぼく、別にこの場で静かに、温和しくしてたつもりは毛頭ありませんけどね。だって、そうじゃないか。何んでこのぼくが、こんな田舎者の集団の前で温和しく、小さくなっていなきゃならねえ理由があるんです？　一寸緘黙してただけで、すぐとそう云うことをぬかしてくるから、田舎者はイヤになるってんですよ」

すわった目を向けて反論してみせると、堀田は、

「わかった、わかった。そうか、悪かった。気にすんな」

慌てて、更に鎮火につとめるような口ぶりを弄す。

しかし最前に怒声を放ち、まだその余勢の疼いている貫多は、ここで今少し立て続けに何か云ってやりたく、まずは左手に握りっ放しの紙コップを口の方に持ってゆく。

だがそれがカラになっていることに気が付くと、またぞろテーブル上の一升壜に手を伸ばそうとビールケースから尻を浮かせたが、その際に酔いの為にグラリとよろけ、

彼の前に塞がっている後藤の背中に、己が身体をぶつけてしまった。

と、これに後藤は、

「いてえな、なんだよっ」

なぞ、難詰するような険しい声をとばしてくる。

で、これにもまたカチンときた貫多は、

「馬鹿野郎、それはこっちの台詞だ。気を付けろ、百姓」

すかさず云い返して高らかに舌打ちを鳴らし、更にその前の佐由加の横へと割り込むように入ってゆき、聞いたこともない銘柄の日本酒の一升壜をムズと摑み取ると、中の液体を紙コップにトクトクと注ぎ込み、その場で二口をすってその二口分をまた補塡したのち、再度後藤を押しのけるようにして自分のビールケースの所へと戻っていった。

「――おい、北町にはもう飲ますな。やばいぞ、あいつ。油井さん、その一升ビンをこっちによこしとけよ」

上座の垣之内が、まだ幾分かは冗談口調を残しながらも、しかし本当に一升壜を回収しようとするのを見て、貫多はこれにもいちいち頭に血が上り、

「もう飲ますなってのは、ひどいじゃねえですか。鱈腹飲んでいいって言ったのは社

長の方だったのに」

尖った声を放つと、垣之内も僅かに浮かべていた薄笑いを面上から消し去る。

「そりゃあ、そうは言ったけどよ、さっきから見てると、お前はなんか飲み過ぎみたいだから、もうよしとけって言ってんだよ」

「この程度の酒は、ぼくにとっちゃあ、まだ飲んだうちにも入りませんね」

「わかったよ、お前が酒が強いってのは。それは十分にわかったから、もう飲むのはその辺にしておけ。そこの寿司でも食ってろよ」

「ぼく、お寿司なんぞ欲しかありませんね。こう見えて、十五のときから飯よりも酒に重きをおいて生きてきたんだから」

「うるせえな、わかったよ。本当にお前は、クセが良くねえな」

「分かった分かったって、社長は一体、ぼくの何を分かっていると云うんです？ ぼくは田舎者にそう容易く見透かされるような、そんな甘な男じゃないつもりなんですがね」

「すげえな、こいつ。なんか思いきったこと言いやがったぞ。お前、完全に酒に飲まれてるじゃねえか」

「違いますね。ぼく、そう簡単に酒に飲まれる程、ヤワな育ちかたはしてきてません。

なぜって云やあ、はばかりながらこちとらは、十五のときから東京下町、根岸の里は鶯谷で、夜な夜な一升酒を繰り返してきたクチなんだから」

「うるせえなあ、わかったよ」

「いや、分かってません」

「なんだよ、わかったたって言ってるだろ」

「いや、分かってませんね。だからこのぼくの酒を、そこらの学生コンパレベルのヤワな酒と一緒くたに考えられたんじゃ、甚だ立つ瀬がねえと云ってるんですよ」

「…………」

「こちとら下町の、野郎酒育ちなんだから！」

「……ふうん、そうかよ」

垣之内は面倒臭そうに、もう半ばソッポを向くような格好でボソリと呟いたが、貫多はこの返答を聞くと、ここぞとばかりに力を込め、

「ああ、そうだよっ！」

と絶叫し、かねてよりの念願でもあったその台詞を、ようやく今、勢いに乗じて投げつけてやれたことに、背筋がゾクゾクするような快感を覚えた。

すると一瞬の間《ま》ののち、佐由加の横に座っていた津野田が上半身だけ捻って貫多の

方を振り返り、

「おい、いい加減にしろよ。お前はさっきから、なに調子に乗ってんだよ」

と、怒鳴りつけてきた。

だが、ひどく好戦的な気持ちになっていた貫多は、これに間髪いれずに、

「黙れ、乞食野郎！　土方でチビで醜男のくせして、ヘンに調子こいて生きてやがるのは、てめえの方だろう？」

わざと余裕っぽく、せせら笑いながら云ってやると、これに津野田はガタッと丸椅子を引くや、顔色を変えてこちらに向かってこようとするのを、傍らの服部や丸尾がすかさず抱きつくようにして押しとどめる。

気付くと、反射的に立ち上がった貫多の背後にも誰か肩をおさまえているものがあるので、一寸首を捩じ曲げてみたら、そこには梅野が苦々し気な顔付きで、彼のことを正視している。

その梅野は小声でもって、

「やめとけ」

と囁いたが、無論、貫多とて元より今、この場で津野田と本格的に摑み合いをする気はなかった。

もしその展開になって、佐由加の目の前で津野田に叩き伏せられでもしたら、もう片恋物語も一巻の終わりである。

尤もその彼は、最前の「黙れ、乞食野郎!」の段階で津野田が激昂しても、こちらに摑みかかってくる前には廻りの者がきっちり止めに入ってくれるであろうことは、充分に計算ずくであった。その上での、続けての暴言だったのである。

云うまでもなく、彼にとってここで肝心なのは、佐由加に対するアピールである。垣之内にも云うべきことは云い返し、屈強なゴリラじみた津野田に対しても敢然とウルフ的暴言を叩きつけてやれる、自分の度胸と腕っぷしの自信の程を彼女にとっくりと見せつけることが何よりの眼目であり、その為の暴言でもあった。

で、そのアピールの対象たる佐由加はと見れば、このときの彼女は長い睫の丸い瞳をまた一段と大きくし、言葉も発せぬと云った可憐な風情で、何やら津野田を押しとどめる、かの団子状の群れの方に不安そうな視線を据えている。

そして尚も貫多が彼女のその横顔を凝視していると、先方でもこれに気付いてふいに顔を振り向けてきたが、そこで一瞬だけ目が合うと、ものすごい早さでもって面《おもて》を元の方向へと戻す。

だが貫多は、佐由加のこの敏な反応がえらく満足であった。この、明らかにこちら

を意識しきった態度に、彼は苦心のアピールの充分な手応えを感じ、

（うむ。濡れたな……）

との確信をも抱いて、舌舐めずりをする思いだった。

一方、その佐由加の横合いで、まだ一人エキサイト状態を続けている津野田は、服部たちに執拗に宥められ、やがて御大の垣之内からも、「いいから座れ」と水入りを命じられたのをよい引き潮どきとしたように、最後に貫多に向かって、

「お前は、もう帰れ！」

と、えらそうに怒鳴りつけ、そして不貞腐れたみたいにしてまた椅子に座り込んだので、貫多も肩に置かれていた梅野の手を一寸振り払うようにして、余裕のポーズを保ったまま、どっかとビールケースの上に尻を落とした。

そしていっときせり上がった忿懣が、今のこの噴火と、それに伴う佐由加の反応とでだいぶ雲散した気分の貫多は俄かに機嫌が良くなっていたが、座の方は何やらえらく白けた雰囲気に変わったようで、しばし妙な沈黙が拡がった。

と、その重苦しい空気を掻き分けるようにして、

「――そうだ社長。来年には、新規のいい仕事が入ってたんですよね」

堀田が、ヘンに快活な調子で話題を持ち出してくる。

　すると垣之内も、すぐさまとこれに乗っかり、

「おう、そうだ。みんなにいい報告があったんだ」

と言って、一同の顔をねめ廻しつつ、薄い唇をせわしく舐め廻し始めるのを、

「また可愛い女の子が、年明けから事務員に加わんのかい」

向かい側から職人の久米が茶々を入れ、そこで座には久方ぶりに、ドッと笑声が湧く。

「違うよ、久米さん。これはこの前のときのとは逆で、堀田くんが取ってきた珍しい仕事の話だよ。日吉のよう、学校の植樹の一部をやることになってよ」

「日吉？　ああそうか、あそこは恭ちゃんの出た学校だったなあ。そりゃ母校に錦を飾る、確かにいい報告だなあ」

　久米が得心顔で頷くと、垣之内はそこでテレたように、

「まあ、みんなにいい報告っていうのは違ってたかもしれねえな。俺にとっての、いいことだよな。でもよ、今までやったことのない現場になるから、これはこれで面白い仕事になるかもしれねえぞ」

なぞ云い、例の薄い唇をひん曲げての、独得の笑みを浮かべる。

　そして垣之内は、来年からのその植樹の工期について一くさり説明をし始めたが、

それが済むのを待ちかまえた感じで、でしゃばりの後藤が、

「社長、ハイッ」

と言いながら挙手してみせる。

「おう、なんだ」

「あの……社長って、慶応ボーイだったんですか？」

どこか阿《おもね》るみたいな後藤のこの質問に、垣之内は、

「なんだよ。そうは見えねえっていうのか？　これでも、ちゃんと卒業もしてんだぜ」

実にうれしそうな顔付きで答える。

「いえ、見えます。言われてみればそれは確かに、ちゃんと見えます。けど、すごいな。じゃあ社長のことだから、キャンパスには愛車のクラウンで乗りつけてたわけですか？」

尚も後藤が茶坊主的口調で続けるのを、垣之内の方でもその吊り目をますますうれしそうに細めて、

「その頃は、まだクラウンなんてシブい車にゃ乗ってねえよ。ウケ狙いでワーゲンには乗ってたけどな。でも学校には、それは一応電車で通ってたんだぜ。お前ら、あん

まり俺を、なんかのボンボンみたいな目で見るんじゃねえよ」

またぞろデロデロと述べ立てるのを、今度は水沼が、

「いや、まあそうは言っても、苦学生の後藤くんからしたら社長は十分に、そうも見えてしまうんじゃないですか」

と、この男も、また阿る。

で、この辺りの鼻白むやりとりについては、心中辟易しながら聞き流していた貫多だったが、次に垣之内の、

「――でも最後の方で三田の方に通ったときはよ、これは車で通学できれば便利だなあ、と本気で思ったけどな」

との何気ない感じで発した言に、ふいに思いもかけない衝撃をうける格好になってしまった。

はな、彼は生活全般の新規蒔き直しのつもりで、それまで生まれ育った東京を離れ、そこそこ遠隔の新天地として、この横浜に流れてきたつもりだった。が、それがこの地の住人にとっては、逆に都内は全くもって普通の通学圏、通勤圏に過ぎぬと云うことに、何んだか打ちのめされる思いがしたのである。あまつさえ、こともあろうにこんな垣之内までが、かつては日常的にこの地より都内に通っていたと云うのも、何ん

だかひどくショックだった。

折角に、自分が今の今までこの横浜に寄せ、抱いていた〝異郷の地〟たるイメージと云うか、思い込みと云うかが、垣之内のこの一つの事実によってブチ毀しにされたような感覚に捉われてしまったのである。

だったら何も種々不便な思いをして、こんなところに棲み続けようとする理由も皆無ではないかと思えば、途端に彼は自身のアイデンティティーを見失ったかたちにもなってしまった。

それだから、何か呆然と云った状態に包まれていた貫多は、そこでまた、ドッと笑声が起こったのに対しては最早条件反射的に不快なものがこみ上げて、思わず、

「うるせえな」

と、全くの独り言のつもりだったが、しかし自分でも予期せぬ程の大声でもって、ハッキリと口に出してしまった。

これにすぐさま、

「よう、北町くんよ、うるせえ、とかはないだろう。みんなが楽しくやってるんだからさ」

との声が聞こえてきたので顔を上げると、そこにはまたもや座の者一同の険しい視

線が、一斉にこちらに集まっている。

そして今の文句を云ったのが水沼であることに気が付くと、いつだったかドライカレーの弁当に、割り箸を仏箸よろしく突き立てたことを必要以上の強さで注意されたあの一件以来、貫多はこの男も決定的に大嫌いになっていたので、ウンザリしてソッポを向くと、重ねて水沼は、

「なあ、酒は楽しく飲もうや。みんなの、仲間うちでの集まりなんだからさ、仕事のときと同様、チームワークを大切にしようぜ」

図に乗って説教してくるのに、貫多は折角沈静化していた駄々っ子根性にまたもや火がつき、

「何が、チームワーク、だよ」

やにわにほき出すや、

「ドラマ気取りか！」

と、続けてしまう。

すると案の定、一気に沈黙が流れ、自分を中心に繰り返されるこの不毛な状況を、病的な神経で大層愉快なものに思ったのも束の間、次の瞬間に貫多はスックと腰を上げると、その場からの逃亡を図った。

イヤ、逃亡と云っても、別段、座に居たたまれなくなったわけではなく、またその際の動作も彼自身は極めて自然に小用に立っただけ、を装ったつもりであったが、その行動の真の因は、ふいに強烈な吐き気に襲われてのことだったのである。

すでに一升に近い冷や酒を摂取し、酒豪の擬態の維持も、そろそろ限界になっていた。本然の彼は、両親ともに一滴も受け付けぬ体質をそのままに引き継いだフシを有する、至って肝臓の弱い男なのである。

それが為、作業員の溜まり部屋に入るや、隅に設置されたトイレに駆け込み錠を下ろすと、彼はすぐさま水洗のコックを捻り、和式の便器の中にシャーシャーと吐瀉物をブチまけたが、珍しく殆どものを食べずにいたせいで、それはなかなかに胃の激痛を伴う、ひどく苦しい逆流ではあった。

二度吐きしても胸の悪さは収まらなかったが、喉の奥に指を突っ込んで三度目を無理に上げると、ようやくに、僅かに生気が蘇える。

と、それと同時に、彼は理性の方をも取り戻し、ここまでは結句《けっく》佐由加には自分の孤狼の言動を見せつけただけで、実際には何んら直接的な成就への行動を起こしていないままであったことを、また思いだす。

そして俄かに新たなる焦りに駆られてくるのだ。

便所を出て室内の壁時計を見上げると、早くも四時に近い頃合になっていた。

時間的にも雰囲気的にもお開きの気配が濃厚になっているし、今日もこのあとに場所を変えて、と云うのはなさそうだから、やはりここは佐由加と帰り道にて二人きりになるしかないが、さてしかし、それを彼女にどう持ちかけたものかのその点は、未ださっぱりといい手立ても思い浮かばないのだった。

で、そんなにして貫多は暫時考え込んでいたが、あまりトイレの時間が長いと、自分がこっそり吐いていることがバレるような気がして、恰度瞼の苦し紛れの涙痕も乾いたのを幸い、少しフラつく足で溜まり部屋を出ると、また一群の方へと向かっていった。

と、驚いたことには、かの卓では垣之内始め、一同の者が全員立ち上がって、何やら後片付けみたいなことをやりだしてしまっている。

「おい、椅子を戻すの手伝えよ」

丸尾が、怪訝そうな顔付きでいる貫多に声をかけたが、すぐとその横から服部が、

「いや、俺が持ってくからいいよ。北町くんは母屋の方に行って、奥さんから餅を頂いてきなよ。さっき搗《つ》いたのを、お裾分けしてもらえるそうだから」

丸尾を遮るようにして言い、そして、

「それもらったら、もう帰っても大丈夫だよ」

と、笑顔を見せてくる。

「え、もうこれでおしまいですか」

「うん、解散だ。お疲れさま」

時間的にはそろそろかと思っていたが、これをやや唐突に告げられた格好の貫多は、便所に入っていたせいでもう一つ流れが摑めぬだけに、些か戸惑いのようなものを覚えて、一寸次の返答に困ってしまった。

なのでその混乱から、つい、

「怒ったんですか」

なぞ素頓狂なことを口走ると、服部は、

「いや、誰もなんにも、怒ってなんかいやしないよ」

改めて、満面の笑みを向けてくる。

それで仕方なく、云う通りに敷地の奥の広壮な母屋にゆき、玄関の上がり框にお盆に載せて積まれてあった、透明なビニール袋に入れられた赤ん坊の頭部大のお餅を一つ摑んで出てくると、折しも引き上げてきたところの垣之内と、そこでバッタリ出会わす。

これに貫多は、さっきの彼の言動について何か云われるのではないかと思い、咄嗟に身構える感じになったが、案に反して垣之内は、

「おう、今日はご苦労さん。気をつけて帰れよ」

と鷹揚に云っただけで、さっさと邸内へ上がり込んでいってしまう。

再度拍子抜けした貫多は、そうなると次に自分の取るべき行動に迷ったかたちで、取りあえず、また溜まり部屋の方に行ってみると、そこには久米や今戸と云った職人が煙草をふかしており、やがて片付けを終えたらしき服部や水沼たちも次々に現われたが、最後に入ってきた堀田は貫多を見るや、

「うん？　どうした。もう帰っていいぞ」

妙な笑いかたをしながら言う。そして、

「さあ、俺たちもボツボツ帰るか。もう日も暮れかけてきたしな」

と独り言みたいにして呟き、すぐに部屋から出ていったが、しかし他の者は一向に動こうとせず、各々また煙草に火をつけたり、雑誌を取り上げたりしているので、貫多も何がなし、帰るに帰れぬような身の置き所のない状況に陥った。

見ると部屋の奥隅には梅野も手持ち無沙汰そうな風情でスポーツ新聞をひねくっているので、貫多はその方に近付き、

「ウメさん、帰らないの?」

その顔を覗き込むと、梅野はチラリと彼を見上げ、

「ん、帰るよ」

相も変わらぬ、ぶっきらぼうな口調で答える。

「じゃ、一緒に帰りましょうよ」

誘いかけると、梅野はこれには一寸返答をためらうようにし、何やら廻りの者の表情を探るような様子を見せたのち、

「ん、なら駅まで行くか」

どこか大儀そうに腰を上げる。

その梅野に、出入口の戸の前に陣取っていた津野田が、

「ウメちゃん、ご苦労さま。大変だね」

なぞと、冷やかすような調子でニヤニヤしながら云うのを不快に思いつつ、あえて貫多も久米ら職人たちにのみ挨拶をし、それでそこをあとにしてしまう。

「あれ、ウメさん、お餅は?　何んか、くれるそうですよ」

梅野が手ぶらでいるのに気が付いて云うと、

「ん、ああ。もらってくるか」

これもどこか面倒臭そうに呟くのだった。

で、その母屋に行った梅野を待つ間に、貫多は溜まり部屋の二階の事務所の方を見上げ、かねてより胸にふところり続ける一大計画を、やはり今日、これから実行に移すことを心に決める。

それだから彼は、やがて梅野と連れ立って垣之内造園の敷地門を出たのち、通りへの角口のところまでやってくると、

「——ウメさん、悪いけど、ぼくはここで」

足を止めて、片手拝みのような仕草をしてみせる。

「ん、ここでって、どういうことだ。駅まで一緒に行くんじゃねえのか」

「ぼく、やっぱりここで油井さんが出てくるのを待ちます」

「待って、どうするんだよ」

「つき合って下さい、って頼みます」

「おい、本気かよ」

梅野は、日頃の沈着さにも似合わぬ驚きの色をアリアリと浮かべながら、僅かに声まで張り上げてみせる。

その様子に、貫多は尚と一層の勢いを得た思いで、

「本気ですとも。こんなにして、いつまでもキナキナ悩んでいても、何も始まりゃしませんからね。ぼく、当たって砕けてみようと思います」

「でも、まだ早いんじゃねえのか」

「時期尚早、大いに結構です。こんなのは、もうこの際、年内にカタをつけた方がいいんです」

「本当かよ……」

「ぼく、やるときは、それはきっちりとやってのける男なんです」

「まあ、そんなに言うんだったら、それも別にいいとは思うけどよ……でも、困ったな」

「えっ？　困った、って、何が？」

「いや違った。言い間違えた。気にすんな」

「はあ」

「うーん、けど、本当かよ」

「はい」

「でもよ、ここで待つって言っても、あの女が出てくるかどうかはわからねえぞ」

「いや、まだ会社にいました。その点は、ちゃんと把握してます」

「出てくるまで待つのか……他の奴らと一緒だったら、どうすんだよ」

「そのときは、あとをつけます。それで油井さんが一人になったときに——彼女は藤沢に住んでるとか云ってましたね。だったら、藤沢の駅のとこでもって、つかまえます」

「……うーん、まあ、いいけどよ。いや、でもなあ……」

梅野の表情は微かに笑いながらも、その中に苦り切ったものを含んだ奇妙な色に変わっていたが、実際に貫多が角の右手の並びにある、コーラの自動販売機の陰に己が身のセッティングを完了させると、そこでふと思いだしたと云う風に、

「わかった。だったら俺はここで帰るけどよ、まあ、あんまり無茶なことはすんなよ。成功すればいいけどな」

と、急に話を打ち切り、貫多の肩口を朝のときと同じく拳で一つ、ゴツッと突いてきた。

「うん。ウメさん、ありがとう。よいお年を迎えて下さいね」

ニッコリ笑って云う貫多の顔を、梅野はどこか痛ましそうな目でもう一度見やり、一寸頭をかくような仕草をしながら駅の方へと立ち去ってゆく。

一方、貫多は宣言通りに自販機の陰に佇み、さて取りあえずで煙草をくわえたが、

そんなにして一人になって佐由加を待ってみると、何やら心の中に横篦棒な不安と緊張感が、みるみるうちに高まってもくる。

それなので彼は、その場でジャンプの繰り返しもし始め、お腹の中にまだタプついているアルコール分を攪拌し、僅かでも酔いを復活させるようなこともしながら、佐由加がやって来るのをひたすらに待つ。

だがその間、自転車に跨がった久米や沖山は角から出てはきたが、肝心の彼女の姿は一向に現われないのである。

その彼女が、眼前にふいに飛びだしてきたのは、それからたっぷりと二十分程も待った挙句のことだった。

そして幸にも、佐由加は一人きりだったのである。

佐由加とは、いきなり目が合ってしまった。彼女の方で角を出てくると同時に足を止め、こちらに顔を振り向けてきたのである。

瞬間、言葉が詰まった貫多に、佐由加は随分と固い表情ながらも、軽く会釈をしてきた。

これに貫多はドキリとし、何か云わねばと焦りに焦って思考を巡らせ、そしてやっと出てきた台詞は、

「今、帰り？」

と云う、甚だ間の抜けたもの。しかし佐由加はこの問い（？）に、やはり生硬な表情のまま、コクリと頷いてみせる。

「そう。ぼくも恰度帰るところだから、なら駅まで一緒に行きませんか」

上ずった声でようやくに述べると、佐由加はこれにも僅かに首をタテに振り、そしてやや急ぐように先に立って歩いてゆく。

で、貫多はそのあとをチョコチョコ走りで追い、彼女の肩に並ぶと、それで蒼い薄闇の拡がる帰路を、初めて二人だけで共にすると云う行為には成功したが、しかしその途々の会話となると、これは一体何をどう切り出していいものやら、やはり皆目見当もつかなかった。

貫多とて、十七歳の頃には同年の高校生と人並みの男女関係を結んだ経験はあったが、けれどそのときの相手とこの佐由加とでは、同じ女でも女の質が、まるで違っている。

往時のジャガイモみたいな顔をした、口の臭い、分泌物のやたらと多いクソブスと

違い、佐由加は余りにも彼の理想の容姿を備えた美神であった。まかり間違っても、性交時に口から大便の異臭を発するような生き物ではないはずだった。

だがそれだけに、改めて間近でもって、その頭の高い位置でしばったポニーテールの横顔を盗み見すると、いかにもこれは高嶺の花然としていて、どうにも次の一手を打ちあぐねるような状態に陥ってしまうのである。

それでも何んとか勇気をふりしぼり、

「あの……油井さんは、いつまでこのバイトを続けるの？」

仕切り直しの口火を切ると、佐由加はスタスタと歩きつつ、

「さあ……しばらくは続けるつもりだけど」

と、答えてくれる。

「ふうん、そうなんだ。ぼくもそう。しばらくはあすこでやるけど、でもいずれは、ちゃんとした仕事に就くつもり」

「………」

「油井さん、小説とか好き？」

「うん、たまに読むよ。赤川次郎とか」

「へえー。面白いのかい？」

「うん」

「なら、ぼくも今度読んでみようかしら。どれが一番、面白いの？」

「題とかよく覚えてないけど、どれもぜんぶ面白かったよ」

「へえー、そうなんだ。横溝正史とか読む？」

「名前は知ってるけど、読んだことはない」

「へえー、そうなんだ。大藪春彦は？」

「読んだことない」

「へえー、そうなんだ。どっちも面白いよ」

「…………」

　そこでやりとりが途切れると、もうこの話柄の接ぎ穂がまるで見つからなくなってしまった。

　するうち、無情にも駅前の閑散とした商店街が視界に開け、あと、ものの二百メートル程で、この千載一遇の好機もあっさり終了になると思うと、貫多の焦りきった心は、ここでもう一気に決断を促してもくる。

「――そう云えば油井さんのこととか、ぼく、まだ何んにも知ってないよね。何せ一緒のバイト先にいたって、ゆっくり話す機会もないもんだから。ね、折角だからさ、一寸その辺でお茶でも飲んでゆかない？」

　これにもまた彼女が、先程同様にコクリと頷いてくれることを心中必死に祈りつつ、その横顔を覗き込むと、

「えっ、今日はお酒飲んで、少し頭が痛いから……」

「あっ、ダメかい？」

「うん……」

　胸中の自分の声が悲痛な雄叫びを上げるのを聞きながら、彼は思わずその場にへたり込みそうになった。

　とは云え、ここはもう一押しとばかり、

「――だったら、今度また時間のあるときに、二人で昭和四十二年会をして頂けませんか。いろいろと、聞きたいこともあるから」

　半ば歔欷《きょき》の衝動に駆られての、ひどく歪んだ面持ちで重ねると、思わぬことにこれに対しての佐由加は、

「うん、また今度ね」

　と、即答してくれ、凝視していた貫多の目を避けるようにして、フッと斜め下の方に視線を落としてみせる。

「本当かい！」

悪状況の思いもかけぬ好転に、我知らずバカみたいな甲高い声を上げると、佐由加は暫時無言となったが、しかしその沈黙こそは、この場合の色よい答えを雄弁に物語るものであろう。

「やった！　いつ？　ねえ、いつだったらば大丈夫なの？」

「あ、うん……来年とか」

「年明けか。うん、こっちはいつでも大丈夫です！」

「…………」

「やった、やったぞ！　云ってみるもんだなあ」

急に嬉々とハシャギだした貫多に、佐由加は二度程チラッ、チラッと一瞥をくれていたが、その彼女は駅の構内に入ると、

「じゃあ、あたし、ちょっと家に電話していくから、ここで……」

改札とは逆の方に身体を向けながら云ってくる。

「うん、ありがとう。油井さん、本当にありがとうね……あ、そう云えば油井さんって、彼氏とかはいるの？」

「えっ……今は、特にいないけど」

「ありがとう、良いお年を！」

酒で弛緩した面《おもて》を更にデレデレと崩しながら、貫多は最前の宴時とは打って変わった明るい調子で云い放ち、そしてもう、この場は一刻も早く彼女の前から消え去るべく、くるりと踵を返すと、さっさと改札を通り抜けていった。

とあれ、所期の目的は果たしたのである。確実に、デートの約を取りつけたのである。

そうである以上、ここは勝ち逃げの感じであっさりと引き上げた方が、きっと得策に違いあるまい。彼女に、サッパリした男とのいい印象を持たせたまま、次のステージへと繋げるのだ。

ホームへの階段を上がる貫多は、まさに夢見心地の状態だった。

あの愛しい佐由加と親しく口を利き、来月早々には、一切恋人の存在もないその彼女と更に親しく語り合う機会を摑み得たのである。

これ以上の幸福——と云うか、この、まるで思い描いた通りにうまうまと運んだ展開は、貫多のこれまでの人生の中で初めてと云っても過言ではない、スイートな喜びをもたらしめるものだったのだ。

その貫多は、我が身の春到来の思いに、何んとも云われぬあたたかなものに包まれ、しばしベンチに腰かけ、うっとり目を細めていたが、無意識のうちにジャンパーのポケットに手を入れ煙草を探ったとき、そう云えば帰りがけに貰った餅を、今、自分が持っていない事態にふと気が付く。

何んのことはない、先刻梅野にそれを貰ってくるようすすめておきながら、自身はしっかり溜まり部屋に置き忘れてきたのだ。別段、なければないで一向に構わぬものだが、しかしこのとき、幸福の極致の思いに陶然となっていた彼は、何んだか俄かに、人の善意に対してはひたむきに誠実でありたい気分になっていた。

なので些か面倒であり、もう無人となって施錠されている懸念もあったが、一応は取りに戻ってみるべく、ホームを降りて改札を出ると、垣之内造園への道を引き返していったのである。

そしてその足取りは、また一段と軽ろやかなものになっていた。

今しがたにドラマティックな展開を見たところの件の道を、こうしてプレイバックでなぞって歩くことは、かの喜びをより一層甘美に反芻させてくれる作用があったのである。

で、そんなにして彼は再び造園会社の敷地門を潜っていったが、溜まり部屋の横のところまでやってくると、そこの摺り硝子の嵌まった小窓には、未だ煌々と明かりが灯っている様子。

津野田辺りが残っているのか、と、それには少し鬱陶しいものを感じつつ入口の方に廻ってみると、意外にも——それは全くもって意外にも、中からは若い女の楽し気な嬌声が洩れ聞こえてきた。

その引き戸を、いきなりガラリと開けた貫多の目に、何さま異様な——彼にとっては誠に異様な光景が拡がった。

見事なまでに、ピタッと話声のやんだ室内の、その中央には、今しも凍りついたような表情に転じた佐由加の姿があった。

服部や水沼、津野田に丸尾らもテーブルの廻りに座していた。

絶句した貫多がそれらから視線を辷《すべ》らしてゆくと、やがて奥の隅にて、開いたスポーツ新聞を手にしている梅野の見開いた目と搗《か》ち合った。

梅野の表情は、その瞬間に苦し気なものに変わって、スッ、と下を向く。

十一

この、思いもかけなかったところの異様な光景を前にして、貫多は暫時、言葉も出ないままに立ちつくしていた。

イヤ、言葉も出ないままに立ちつくさざるを得なかった、と云うのが、より正確な状況ではあった。

シンと静まり返った溜まり部屋の、その中央に座していた佐由加が、プイとそっぽを向くのが視界の隅を横切る。

改めてその方に目を向けると、彼女の表情は何んだか随分とふてぶてしい感じのものに見受けられた。

と、唐突に頭上でカラカラッと引き戸の開く音が響いたかと思うと、続いてカチャリと施錠される音までが、やけにハッキリと鳴り渡る。

そしてそれは、鉄製の外階段をカンカンと降りてくる複数の足音となって、次第にこちらの方に近付いてくる気配。

で、やがて背後から、

「十一人、今からでも大丈夫だっ……」

との堀田の低音の声が聞こえたが、それが半ばで途切れたのは、あきらかに入口のところで突っ立っている、貫多の後ろ姿を認めたが故のものであるらしかった。

更には、

「おう、お待たせ……」

なぞ云う、垣之内の胴間声も貫多の耳朶に入ってきたが、これもその一言が聞こえたきり、あとは再びシンとした状況に立ち戻る。

　ややあって、この静寂を破ってようやく貫多に声をかけてきたのは、服部であった。

服部の、つとめてさり気ない風を装った感じの、

「あれ、どうした？」

　と云う、余り意味もなさない、問いかけの一言だった。

　だが貫多は、これにより俄かに我に返った格好にもなって、一寸目をしばたたいたのちには、取りあえず無言のまま、室の奥隅の梅野の方へと突き進んでゆく。

　そして、忽ちに警戒の色を露わにしてみせる梅野のことは丸無視し、その傍らの卓上に置き忘れていた、ビニール袋に入った餅の塊まりをムズと摑み取ると、結句《けっく》一言も発さずに、そこから飛びだしてきてしまう。

　それでそのままスタスタと敷地門のところまでやってはきたが、当然のことには誰も後ろから追ってもこなければ、何も言ってもこないので、やはりこれには今更ながらに、寂しいと云うか、えらく物足りない感じの不完全燃焼な気持ち。

するとそこで初めて、得も云われぬ激しい怒りが腹の底からこみ上げてくる。

それなので彼は、手にしていた餅も急に穢らわしくてたまらぬもののように思えてきて、これを敷地門の横の、ブロック塀目がけて力一杯叩きつけ、

「この、畜生どもめがっ!」

と、溜まり部屋へも聞こえるように、大々的に罵声を放ったが、それが我ながら何んとも情けない、ヒステリックな甲高い声であったことにひどい惨めさを覚えて、くるりと通りの方へ向きを変えると、その場から足早に立ち去ってしまう。

その貫多は、駅へと一目散に取って返しつつ、さすがにもう、この件でのすべての裏側には気付くことができていた。

しかしそれに気付いてみると、

(よくも、このぼくを——)

との悔やしさのみが噴出し、それは一気にあの職場の者たち全員への嫌悪感に繋がって、殆ど殺意の感情をも呼び起こしてくる。

これまでにも幾度となく述べているように、何んと云っても彼は、根が稀代のスタイリストにできた男なのである。

どこまでも、タフなローンウルフをもって任ずる、誇り高きスタイリストなのである。

それをこのような、恰も女の腐ったみたいな仕打ちでもって辱めてくれた、あの者たちの卑劣千万な行為は、到底許し得るものではなかった。

百姓上がりの土方連中と、将来何者になれるわけでもない無意味な学生風情、それに一匹の雌ネズミが結託、共謀して、よくもこの自分にあのような罠を仕掛け、寄ってたかってコケにし、嗤いものにしてくれたと思うと、貫多は怒りの余りに、頭の芯に軽い痺れすらをも覚えてきたが、しかしその怒りの中には紛れもなく、甘な自分自身に対して向けたものも含まれていることは認識しており、それがまた、何んとも遣る瀬ない更なる怒りを煽ってくる。

何よりも彼は、そのような仕打ちを受けながらも、その場では何んらそれに抵抗することもできず、ただスゴスゴと引き下がってきてしまったのである。

まるで予想だにもしなかったあの展開に、とてつもないショックを受けたが為の成り行きと云えば成り行きでもあるが、かような屈辱を舐めさせられながらも何一つ実質的な反撃をせずに、そのまま黙り込んでしまったことはやはり痛恨の失策に思われてならなかった。

それならば、今からでも踵を返して戻ってゆき、用具置き場からスコップを持ちだして、少くとも佐由加と津野田、それに見事に二枚舌を弄してみせた梅野の、この三人の顔面にだけはその切っ尖を突き込んでやらなければ、これはウルフの流儀に反することのようにも思えたが、しかし実際にその挙に出たなら、如何せん、馬鹿のくせに腕力だけはすぐれた他の土方連中は一丸となって彼を取り押さえるだろうし、かつ、袋叩きにした上で警察へ引き渡すことであろう。

根がウルフながら、自身の苦痛には人一倍臆病にできてる彼にとり、それはすでに酒の酔いの勢いも消えた今となっては、とてもではないが敢行できるものではなかった。

その無力さの自覚が、彼の中で彼自身への慊《あきたり》ぬ思いを、尚と一層に増幅させてくるのである。

と、この塞いだ気分に誘発されたものか、いったんは雲散していたかに見えた、ガブ飲みの冷や酒による酔い覚めの頭痛が、またぞろズキズキと不穏な響きを打ちだし始める。

貫多は煙草を吸うことも忘れて、再度駅の構内に入ると、また切符を買い直して改札を通ったが、そのとき、先の居酒屋での飲み会帰りに訝しく思った、ホームの反対側にいつまで経っても佐由加を含む他の連中が現われなかったあの場面も、つまり自分は、一人だけ二次会から排除されたに過ぎなかったのだと云うことに忽然と気が付く。

新たな悔やしさがこみ上げる中、彼は発車寸前の上り電車に飛びつくようにして乗り込んだのだが、それは何やら、逃げ去ると云った感覚を伴うものだった。

事実彼は、こうなった以上は一刻も早く、この界隈から逃げ去りたい一心でもあったのである。

そして今朝方のあの意気揚々たる、希望に漲った向日的な様子とは打って変わり、陰々滅々と俯いてシートに腰かけた彼は、この状況のこれからの展開と、それに対するベストの手立てを講じようとしたものの、やはり気持ちが千々に乱れ、とてもではないがまだ物事を順序立てて考えられるような状態ではなかった。

悪いことに、俄かにぶり返してきたところのその頭痛は、これまた改めての軽ろき吐き気を誘《いざな》うものでもあった。

だからそんなにしてようように桜木町の駅に着き、すっかり宵闇に包まれた駅頭を、例の人っ気のない方角へと歩きだした貫多は、すべてのことが未整理、未消化の何んとも心の置きどころのない気持ちのまま、まずは室で横になりたくて、はな蹌踉としていた足つきを、やや大股に早めだす。

すると体内の器官もそれに刺激を受けたかして、ふいと一気に臨界を超えそうな、激しい尿意を覚えてくる。

なので彼は、紅葉坂の上り口の手前でピタリと足を止めると、線路の高架橋の壁に沿い、ジーンズのジッパーからマラを性急に引っ張りだした。が、それは萎びた海鼠みたいにグッタリとくたびれて、まるで勢いの失われたものになっている。

かようなしおれた状態のマラであれば、うっかりジーンズの股がみ辺にこぼさぬよう注意を払い、しっかり指を添えた上での盛大な放尿を果たしたが、するとその瞬間だけ、何か一方の肩の荷が、僅かに下りた心持ちになる。

しかしすぐとそのあとには、他方より発するところの黒雲が煙りのように心の奥底に忍び入り、それは忽ちのうちに充満してくるのだ。

最前までの熱い怒りはやや薄らいではきたものの、次には先のかの仕打ちそのものに、思いを巡らす格好になってしまったのである。

即ち、自分があのような厭ったらしい排斥をされる程に(その前の、宴時のこともある)、かの職場の者全員から嫌われていたと云う事実。これに甚だ打ちのめされる感じになっていたのである。

尤も、この点はいずれはそうなるであろうことは、自身でも幾分予測はできていた。

これまでにも方々で似たか寄ったかの狼藉を繰り返し、対人関係においては絶えず殷鑑遠からずの感じが常態であったところの彼にすれば、いつかはこうなることも或る程度の想像はついていたが、しかしまさかに、勤め始めて僅々二箇月でこの結果を招来するとまでは思わなかったし、またその事実が何んだか妙に空恐ろしいものとして受け止められたのだ。

余りにも早過ぎたこの破綻には、それはイヤでも自らの、何かが欠落した負の人間性と云うものについて、改めて思いを巡らさずにはいられないのである。

だがそれでいて——その辺を深く考えようとすると、やはり気持ちは千々に乱れ、ただ徒らに頭の鈍痛に苛まれるばかりなのである。

なので貫多は、またすぐに思考を中止し、ひたすら足を早めていたが、するとどう云うわけか、ただ無性に寂しい感情が抑えようもなく湧き上がり、これにやがて耐えきれなくなってくると、彼は幼児のように顔を顰《しか》め、そのまま不覚にもグシャリと泣きだしてしまう。

で、かような態《てい》たらくでやっとのことに宿に帰り着くと、この夜も生あるものの気配もせぬ、暗い共同玄関の裸電球をまず捻り、不気味なまでにギシギシ軋む階段を這いのぼるようにして二階に上がると、崩れ込むようにして自室へ入った。

そしてすぐさま冷気の籠もった万年床にもぐり、頭の先まですっぽり布団を被って身を縮こませると、眠りの世界が到来するのを待ったのである。


次に目を覚ましたとき、室内は未だ闇一色のままだった。

再び頭のてっぺんまで布団を引き上げ、しばし簑虫みたいなかたちで鼻呼吸を続けていた貫多は、その自分の頭痛と吐き気が九割方も治まっていることに気が付き、そこでようやくに煙草を吸いたい欲求が復していることにも気が付く。

ややあって、尿意が募ってきていることにも気が付いてしまうと、これはまずは小便の方から済ませるべく、ヤッと勢いをつけて起き上がった動作の流れでもって、頭上の電灯のスイッチを廻し、便器代わりの洗面台へと立ってゆく。

だが、尿《いばり》を迸らせつつ、正面の小さな硝子窓の向こうを眺めやると、何かその外界の雰囲気には、深更特有の静けさとはちと異なった、違和感めいたものを覚える。

それなので、床《とこ》に戻ると同時、枕元のトランジスタラジオを取り上げ電源を入れると、そこから流れてきた番組は夜十時から放送しているものであり、今やっている一コーナーは、十一時前後に行なう慣らわしのものだった。

——もう深夜も明け方に近い頃合いかと思っていたが、案に反して、まだその程度の時間帯にしか過ぎぬものであるらしかった。

ラジオを消した貫多は、やがて重いため息を一つ吐いた。

極めて当たり前のことには、そうして目覚めてみると、またすぐと最前の排斥のことが脳中に蘇えってくるのである。

しかも、ほぼ完全に酔いからも醒めた今の状態では、かの生々しい記憶はその一幕前に当たるところの、自身の納会時における振舞いや物言い、そして佐由加に対して取った言動を、はな断片的に、やがてそれらが次々と連鎖的に繋がってゆくにつれ、とてつもない恥ずかしさと自己嫌悪を呼びさまし、彼の胸のうちを激しくかきむしってくるのだ。

こうなると、本来の根は亀のごとく神経質に、そしてウサギみたいに小心にできてる貫多は、何かとんでもないことを——最早取り返しのつかぬ犯罪を仕出かしてでもきたような感覚に捉われ、恐怖と後悔に居ても立ってもいられない気持ちになるのだった。

この場合、何よりもの痛手の記憶は、それはやはり佐由加に対しての件である。

ああ云った最悪のシナリオが用意されているとはツユ知らず、馬鹿のようにうっとりした顔付きで愛のアピールをしてのけた自らの不明が、今となってはどうにも死にたいくらいに悔やまれる。

かような愚を犯した以上、もう二度はあの職場にゆくこともできまい。

イヤ、〝できまい〟ではなく、これはもうキッパリと、〝できない〟のである。

あんなフザけた糞こき女の為に、折角の――たださえ中卒の故に働き口の選択肢も乏しくできてると云うのに、それをあんな口臭《くちくさ》ブスのせいで、その貴重な稼ぎ先を失う羽目に陥ったことは何んとしても業腹である。なれば勢い殺意も再燃してくる流れではあるのだが、酔いも消えて孤狼から綿羊に変じた今の彼には、すぐとそこにはこれすべて自業自得との思いが野暮な鎮火の役目を促してくる。

そうなったらそうなったで、考えはまたもや一周廻って後悔と自己嫌悪のところに帰り着くのだが、その失態は最早どうしたって追っ付かぬ話でもあるだけに、これはただムヤミに彼のやり場のない焦燥感を煽り続けるのみのことなのであった。

身を横たえたままで、改めて重いため息を吐き出した貫多は、半ば苦しまぎれに、再度ラジオの電源を入れるべく枕元の上の方に首を振じったが、一面でまことに迂闊な話ではあるものの、その彼は、この段に至ってようやくそこに『田中英光全集』の端本二冊の重ね置いてあるのが目に入る。

で、これにハッと吐胸を突かれると、ああそうだとばかりに手を伸ばし、積まれた上なる方の第七巻を取り上げて、今朝方も胸に刻んだ口絵写真のページをまず開く。

そして落魄の中にも、どこかに一点向日性を秘めている、例の不思議なその風貌に再会すると、貫多はこれに改めて吐胸を突かれる思いがした。

その作家の凶猛、かつ儚なげな風情に、何か懐かしいようなあたたかみを覚えたのは前日のことだったが、今、こうして自身が落ち込んだ状況下にあって再見すると、その感慨はより一層の強さをもって、彼の心に迫ってくるものがあったのだ。

次いで、彼はこれも昨日読んだばかりの短篇「離魂」を読み始める。

やはり、新たに確と胸に迫りくるものがあったのである。

心境が心境だけに、初読時とはあきらかに一味違った切実さも感じた。

無論、著者自身の姿をダイレクトに投影した作中主人公の、その文字通りに命がけだった苦闘と、自らの些細な一場の赤っ恥を同列に思えるわけもなかったが、それでもこの私小説家の著作中の一言一句は、そのときの彼の悴《かじ》けた心に強固な添え木たる用を十全に果たしてくれるものであった。

自身の恥を、まるで他人事みたくして叙したその作を読み進めるうち、貫多の胸中の暗雲はゆっくりと途切れてゆく思い。

ところどころ、余りの滑稽さゆえに、思わず噴きだしてしまう箇所もある。

何んだってこの私小説家は、己れの不様な姿をこうも客観的に、こうも面白おかしく、そしてこうも節度を保ちながらの奔放な文章で語れるのか。

だが、それが貫多にとっては泣きたい程にうれしく、そして実際に落涙するまでに、ひどくありがたくってならぬ。

第七巻の、いわゆる無頼派時代の作を四篇立て続けに読んだのち、未読の第一巻の方を開き始める。

早大漕艇部時代を背景とした長短篇を収めた巻だが、本来の貫多であれば、こうした学生生活の華やかな回顧談なぞ、読まぬ前から毛嫌いして遠ざけるところである。

しかしこれらもいざ読んでみると、やはりこの作者の文体に手もなく参ってしまった。

それは私小説特有のものであるのか、極めて窮屈な制約の下で、一般小説以上に魅力的に繰り拡げられる血肉の通った物語性、と云ったものにも、すっかりと魅了されてしまった。

そこには晩年期の苦闘とはまるで色彩の異なる、いわば甘な懊悩が描かれていたが、むしろそれだけにインチメートな感情移入がし易い面もあったし、自虐のユーモアも、より滑らかにこちらの心をくすぐってくる。

なので貫多は、そのまま朝までひたすらに田中英光の著作を読み続け、やがて入手した分のすべてを読み上げてしまうと、更に何作かをまた復読しつつ、頃合いの時間帯となることを待った。

それを待ちながらの彼は、一刻も早く、揃いの『田中英光全集』を我がものにしたい焦りに駆られていたのである。

そしてやっとのことに朝も十時を過ぎた時分を見計らうと、脱兎のごとく宿を飛びだして、戸部駅近くのかの古書店をまっしぐらに目指してゆくのだった。

年の瀬大詰めの午前の空は、どこまでも青く高く澄みわたっていた。

寝不足と酒むくみで顔をパンパンに膨らませながらも、貫多の心は、昨夜とは再び打って変わっての意気軒昂たるものに復していた。

〝救われた〟思いと、何か一縷の望みかとも感ぜられる光明を、生まれてこのかたようやくに見つけだしたとの興奮で、他のことは一切合財が、もうどうでも良いとの心境になっていたのである。

あの古書店が、どうか今日までは年内営業をやってくれていることだけを祈りつつ、貫多はその足を一層に速めてゆくのだった。

十二

新年を迎えてからの貫多の一日は、もっぱら田中英光を読むことに明け、田中英光を読むことで暮れていた。

大晦日前日に、首尾良く『全集』の揃いを入手することが叶った彼は、その日から各巻の諸篇をランダムに読み耽り、いよいよこの一条の光りが強靭な心の支えともなっていた。

英光の作に接していると、この世の憂さを暫時忘れることができたのである。

だがその一方では、彼はいずれ直面せざるを得ない問題が、そんなにして日を経《た》てているうちに刻一刻と近付いてきていることを甚だ鬱陶しくも思っていた。

垣之内造園の仕事始めは六日からとのことだったが、これをどうするべきか、その決断を下す必要に迫られつつあったのである。

先にも云った通り、はな彼は、さすがにかの職場へはあの日限り二度は行くまいとも、行けないとも思っていた。

けれどよくよく考えてみると、それでは余りにもこの自分と云う存在が惨めに過ぎよう。

その、事の発端となったのが佐由加なぞ云う女への、今となっては忌々しき限りの不様な罔惚れであっただけに、これでただ潰走してしまっては、尚と自分の立場を自ら愚かし気なものにしてしまう。

しかし彼は、何も先方よりクビを云い渡されたと云うわけではない。

尤もその先方たる垣之内としては、おそらくは普通に考えた上での結論として、彼が再び現われはしないであろうことを見越しているものに違いなかった。

そしてその貫多のことを、また一同打ち揃って改めての嗤いものにしてくれるに違いなかった。

その展開が、余りにもこう、この自分が惨めに過ぎはしまいかと云うのである。

あんな気色の悪い連中から一方的に負け犬的烙印を捺しつけられ、それであんなクズ野郎共から恰も見事排斥に成功したかのような、いい気な優越感をここで与えてやることは、それは貫多として、どうしたって腹立たしいことなのだ。

確かに彼は、何も十五歳以降の一人暮しの年月中でだけのことではなく、遡ればそれこそ幼少期の頃から敵前逃亡と現実逃避を、事あるごとに繰り返してはきていた。

とは云え、それも実際は敵によりけりの面が多分にあり、少なくともあの職場の連中風情に対しては、かような弱みや引け目を披露する気持ちは全く持ち合わせてはいないのだ。

なぜならば、彼は根がどこまでも江戸っ子だからなのである。

こんな片田舎の百姓上がりに嘗められることを良しとせぬ、誇り高き江戸っ子だからなのである。

此奴らに対して恐れをなし、それで逃亡を図ったとあっては、まるで江戸っ子の名折れになってしまう。

またそれは、稀代のスタイリストとしても著しく沽券に関わってきてしまうことだし、ローンウルフとしての流儀にも甚だ相応しからぬものなのだ。

で、それやこれやを思うと、貫多の取るべき道は、最早一つに決まってしまっている。

仕事始めの日から、何事もなかったような平然たる表情でもって、垣之内造園に出勤してやるのである。

無論、これはそうと覚悟は決めても、イザ実行に移すのは、やはりなかなかに勇気を要することではあった。

そうは云っても、これはもう周知の如く、本来の根が至って小心で神経質な彼には、言う程容易くやってのけられる芸当でもないのだ。

だがしかし、そんな貫多にとり、ここに幸いだったと云うのは他でもない。かの、田中英光の著作の存在である。

先に述べた、英光の私小説を読んでいるときに覚える、この世の憂さを忘れると云う感覚には、ウサだの恥だのを逆手に取る、その或る種の技の示唆を得る効能も含まれるものだった。

この点からもすでに該私小説家の存在は、『この人を見よ』ではないが、貫多にとって現時人生最強の、心の援軍となっていたのである。

また一つには、この決意には金銭面からの必要性と云うのも、あるにはあった。暮の最終日の勤務分（例の出来事があった日だが、午前中は掃除をしたので、日当が一日分出るらしかった）は、締め日の関係で年明けに支払われることになっていたのだ。

これを取りっぱぐれるわけにはゆかないし、また、以降もしばらくの間は継続して賃金を得なければ、彼の生活はたちまちに元のモクアミとなってしまうのである。

もっとも、そんなにして出勤の意志を固めはしたものの、しかし貫多は、もうこの職場には、そう長く世話になるつもりはなかった。

今も云ったように、結句この意地の通しかたは負け犬的な立場に追い込まれることが業腹なのと、当面の金銭がも少し必要な為なだけの話なのだ。

受けた恥や屈辱を別にしても、あのようなけたくその悪い連中といつまでも毎日顔をつき合わすことは、それはどうで御免を蒙りたい。

なので取りあえずは自らの体面を保ち、その上で少しくまとまった金を貯めることが出来たなら、彼はこの職場から大手をふるって遁走するつもりである。

あくまでも、先の排斥に屈してのものではないことの確たるアリバイを示しつつ、最終的には後ろ足で砂をかける真似をやってのけるのである。

だから一種それを、先の件での自分なりのささやかな報復とも定めて、貫多はやがて
てやって来た六日の朝にはノコノコと、実際にかの造園会社へ出て行ったものだった。

すると案の定、垣之内を始めとする連中は驚きの表情を隠さず、中でも梅野は、むしろ貫多以上にこの事の運びを気まずいものに思ったようで、はなのうちは困惑だか混乱だかの色を面上にアリアリと漂わせ、

「おう……正月はどうしてたんだ」

と、この期に及んでもまだ横柄そうな口ぶりで、なれなれし気に声をかけてくる。

当然、貫多はこれにまともに答えることはせず、一瞥して僅かに苦笑を浮かべたの

みだったが、そうなると先方も悪度胸を固めたようで、それきり一切、彼に何かを言ってくることはなくなった。

貫多としても、それは大いに望むところなのである。

彼はこの職場では、万事この調子で他者に接することを決めていた。

即ち、昔に得意とした、あのローンウルフのポーズである。

問題は例の佐由加だったが、やはりこの女は、所詮はどこまでもふてぶてしくて図々しい、典型的なメス根性の持ち主であって、事務所へと、タイムカードを押す為に入っていったときのその最初の一瞬こそ、貫多の姿に出目金じみた顔付きで呆然となったようだったが、すぐさまニコッと薄笑いを見せるや、つとめて事務的、と云うか、完全に意識的な冷たく明るい口調で、

「おはようございます」

と会釈もせずに云ってのけると、あとはいかにも〝関心がない〟と云った風情で、拭き掃除の続きに取りかかってみせるのだ。

この態度には、貫多は今更ながらにカッと頭に血がのぼりかけたが、この際は彼の方でも無関心の雰囲気を精一杯に発散させ、終始無言でいるより他はなかった。

そして当初のうちこそ、種々ぎこちない立ち廻りもいくらかあったが、二、三日も

すると貫多のこうした態度は、次第に板へとついてきた様子になっていた。

必要以上の無駄口を利かず、始終仏頂面で通すと云うのは、それこそ件の出来事に対する自身の拘泥ぶりを表明しているようなものではあったが、しかしその辺りのことは余り深く考えず、そしてその態度が因で、またぞろ津野田と軽い一触即発の状況なぞがありつつも、彼は己れの面子を保つ為、必死にこのポーズを押し通す。

で、作業終了後は溜まり部屋で雑談に興じることもなく、シャワーだけ使うと逸早く帰途に就き、宿に戻って田中英光を読み耽るのであった。

すでに『全集』も全篇読了と相成っていたが、復読につぐ復読は、これはまるで途切れぬ、その希求に従ってのことである。

その上で、更にこの私小説家の側面を知る為、仕事帰りには宿の付近のみならず、沿線の古書店を軒並み歩くようにもなっていた。

田中英光について記された、いわゆる参考文献にも手をだすようになったのである。

これは古書店の棚に差さった、近代文学に関する硬軟の評論や研究書等のページを片っ端からはぐり、まずその文中に該私小説家名の四文字があるかどうかを、目を皿みたくして探すのである。

原始的な方策だが、それだけにその名をふいと見つけだしたときの喜びは大きかった。

　但《ただし》、はなマイナーの部類かと思っていた田中英光は、実際は充分にメジャーな存在であったらしく、意外な程に、その種の書籍に名前を見いだす率が高いのである。

　だが、それならそれで、勢いその〝調査〟にも拍車がかかる成り行きであり、またこれは彼にとっては随分と楽しいレクリエーションにもなり得ていた。

　と云って折角に見つけたところで、必ずしも全部を全部買入できるわけもなく、数百円程度の安いものでない限りは、ひとまずは立ち読みして頭に叩き込んでおくのが常ではあった。

　或る夜も、またそうして仕事終わりで桜木町の駅に戻り着くと、前夜にも寄った、野毛の年季の入ったたたずまいの古書店を覗きに行ったのである。

　何せ、異様にだだっ広い店内スペースである上、雑多な近代文学書を随分と多く並べてもいるので、それはまだまだ、殆ど未踏査とも云うべき宝の山みたようなものだった。

　その、当分は楽しみの続く状況が、また何んともうれしいのである。

　なのでこのときも、小一時間だけ〝調査〟に着手したのだが、しかしいつにも増してひどく空腹でもあった彼は、一方では晩飯を食べにゆくつもりだった、宿の近くの蕎麦屋がそろそろ閉まりかけそうな時間であることも大いに気になり、どこか〝調査〟もそぞろとなりがち。なれば本日はあと一冊見たらもう引き上げるつもりで、最後に雑誌形式のものを手に取ってみる。

『別冊新評　作家の死』との、その黒の背色の厚冊のものは、誌名からして充分なる期待を持てたが、開いてみると案の定、そこには田中英光の項目もかなりの分量で設けられていた。

で、そこには英光の自裁を報じた当時の新聞記事が再録され、『オリンポスの果実』の、片恋相手のモデルとなった女性の写真までもが所載されていることに一驚すると、一も二もなくこれの購入を決める。

売価を見ると、うまいことには四百円と云う、まこと手頃な好価格でもある。しめしめとの思いに北叟笑んだ貫多は、一寸この邂逅の余韻に浸りたく、恰も猫が捕えたネズミをいたぶるような感覚でもって、かの雑誌の他のページもパラパラと繰ってみた。

すると突然に、小さい活字ながらも何んとも異様な文言の小見出しがあらわれ、貫多の目は思わず該箇所に釘付けとなる。

〈のたれ死にした藤沢清造〉なるその記事は、田中英光の項の三ページもの分量とは大きく異なり、僅々十数行程度の短い一文。

かような書き手の名は初めて知ったが、これをザッと走り読みした貫多は、昔はいろいろと風変わりな作家もいたものだなア、なぞ少し感嘆し、そして少しまがまがしいようなものも覚えた。

が、しかし――何んとはなしに、貫多はこの〝藤沢清造〟と云う文士の名を口のうちで復唱して、ちょっと小首をかしげる格好と相成る。

彼は暫時の間《ま》ののち、もう一度首をかしげたが、蕎麦屋に行く用があったことをまた思いだすと、件のページを閉じて帳場へと進んでゆくのだった。


垣之内造園における貫多の超然を装った態度は、その後は一月も下旬にさしかかってもまるで崩れることなく、依然継続されていた。

先述したように、当初こそ、ところどころでボロが出そうになったり、ふと人恋しい気分に陥った瞬間もなくはなかったが、とあれそんなにして一人浮き上がったその存在も、どうやら徐々に周囲の黙認のかたちを贏《か》ちとったようでもある――と、自身では思っていた貫多だったが、とは云えそれは、やはり大きな間違いだったのである。

その日の夕方、他の者らと共に現場から戻ってきた彼は、道具をトラックから下ろしているところを、背後から突如やってきた垣之内に声をかけられた。

で、促されて二階の事務所に上がって行くと、室内にいた佐由加はそれに合わせたみたいにして席を立ち、そのまま垣之内の方に挨拶を述べて帰ってゆく。

そしてその際に、佐由加は入口のところに立った貫多のすぐ前をすり抜けていったのだが、思えばこの女とこれ程至近の距離となったのは、あの暮の最終日の帰り道（実際はそうではなかったのだが）以来のことである。

もっとも彼の自慰の世界においては、先般佐由加にはタコのようにべったりと密着してやっていた。

正月早々に、最後に脳中で佐由加を激しく犯してやったのである。気を失わせたところを自室に連れ込み、ナマで放出し終えるや、直後に顔面を乱打し、抵抗するのを抑えて更に乱打し、グチャグチャになってぐったりとした佐由加の、そのポニーテールを摑んで引きずり階段から蹴落とすと、仕上げに汲み取りの便槽の中に、笑いながら逆さにして頭から突き込んでやって、それでもう完全に、この女の存在自体を心の中から消去したのだ。

だが、その暴行の感触（と云うのも妙だが）の反芻も束の間、すぐとその夢想は垣之内の胴間声によってかき消されると、続いて貫多は唐突にクビを言い渡されたのである。

「——自分でも、たいがいわかってるとは思うけどよ、他のみんなが、もう、嫌がっちゃってんだよなあ」

垣之内は、いかにも沈痛そうな表情を作りながら、幾分云いにくそうにして語を継いでくる。

「服部たちはともかくよ、ウメや後藤なんかは北町くんのことを、許せねえ、みてえなことまで言いだしてんだよ。そうなるともう、チームワークなんかも、バラバラになるよな」

「…………」

「北町くんがうちに来てから、三ヶ月か。よく頑張ってくれてたとは思ってんだけど、でもよ……」

「…………」

「俺は酒の席の無礼講とかは気にしねえ方なんだけど、他の奴らはそこんところが、なんか、ちょっとうるさくってな。油井さんも怖がっちゃってるしよ」

「…………」

「いや、俺も悪かったと思ってんだよ。あんなに飲ませなきゃよかったなあ、とかよ」

「…………」

黙りこくったまま、垣之内のデロデロと続く言葉をやがて聞き流し始めた貫多は、体面を保つポーズも何も、クビ切りの鉈をふるわれたんじゃ全て水の泡だな、との感慨に、ひょいと心中に苦っぽい笑いが浮かぶ。

これ以上に不様な、虚しい独り相撲の結末もなかったが、しかしそれにはどこか貫多も、一面においては妙な安堵を覚えていた。

やはりかようなポーズの維持と云うのは、する方にしても、それはなかなかに疲れるところがあったのだ。

すでに垣之内は、週払いの今日までの分を精算したものを用意しており、話の最後に至って手渡してくれたので、貫多はその点に対しての礼のみを述べ、そして着替えて出てゆくべく階下の溜まり部屋へと降りていったが、そこにはなぜか梅野や津野田たちの姿はなかった。

帰り仕度をしている、三人の老職人がいるだけである。

おそらくそれは、堀田辺りが彼に気を遣ったのか、或いは津野田らが最後に何か事を起こそうとするのを恐れた為か、若手連中を裏の駐車場の方だかに、いっとき移動させたものらしい。

貫多は結句それらの者とは、

「馬鹿が！」

と、置き土産に一声ほき捨ててから敷地門を出るまで——のみならず、以降もそれっきり、顔を合わせずじまいになったのである。

そして彼は、今日はもう古書店に廻る気も起こらぬまま、桜木町に舞い戻ると、何よりもまずコップ酒にありつくべく、駅前の焼鳥屋に駆け込んでゆく。

だが、どこにも持ってゆき場のない苛立ちは飲む程に酔う程に募るばかりで、余りの面白くなさに、彼はこんなところで無駄金を費っているのが段々に馬鹿馬鹿しくなってくる。なので泥酔には至らぬ状態で早々に店を出ると、例によって嘔吐と立小便を順繰りに行ないながら、トボトボと帰路を辿っていたが、急峻な坂の上までやってくると、そこでふいと名案を思いつき、横道の、あの目付きの悪い小娘のいるラーメン屋へ寄ってゆくことにした。

多少の酔いもある今なら、それも敢行でき得る。

するとうまいことに、今夜もその小娘はカウンターの奥隅にて一人スナック菓子なぞ拡げ、マンガのコミックスみたいなのを読んでおり、貫多が着席するや早速に、ジロリ、ジロリと睥睨を繰り返してきた。

で、やがてネギラーメンのドンブリが彼の前に置かれると、先方もいよいよ視線をピタリと固定して据えてきた様子だったが、この注視を確認したのちに、彼は箸も取らずに俄かに喉から青痰をせせり上げ、ベッ、と音を立ててドンブリの中に吐きつけたあと、そこに指に挟んでいた煙草を投げつけるようにして放り込む。

すぐさま立ち上がって勘定を叫ぶと、小娘の父親らしきカウンター内の親父は、少し気色ばみながらも、何か入っていましたかなぞ、真っ当な第一声を発してくる。

これに、やることをやり遂げた貫多は、最早一刻も早く店から逃げ出すべく、代金きっちりの小銭を無言で置き、そして外に出てしばらく足早に歩いてから振り返り、その店にも充分届くだけの大声で、

「この、ゴキブリ親娘めが！」

と怒鳴って、そこへも向後二度とは来れぬ立場を確立してのけたのである。

そしてその貫多は、宿に戻るやすぐと万年床に潜り込んで、ひたすらに田中英光を読み耽る。

翌日より、また職なしとなった彼は早速に次のアルバイト先を探しだしたが、今度は些少の現金も持っており、切りつめれば辛ろうじて月給設定のところにも応募ができそうではあったが、しかし彼の方でこれはと望んだ口は、どこも軒並み学歴の不備を理由に断られる。

学歴不問を募集広告に謳った、或る立ち食いそば屋なぞ、朝の七時に面接に来るよう要請し、折角その通りに出かけて行ったと云うのに、その段になってから最低でも高卒までだなぞ、トボけたことを申し渡してくる始末。

これに貫多は、たかが立ち食いを湯がくのに、一体何んの種類の教養が要るんだと大いに腹が立ち、慊《あきたりな》い気持ちにもなったが、蕎麦と云えば、このときにそこへ面接に出かけるべく宿を出て、例のよく行く蕎麦屋の前を通った際にはまことに奇妙なものを望見していた。

店横の、隣家との間の細い隙間に、その店のあの愛想のいいおばさんが後ろ向きで立って肩を落としながら、オイオイと号泣していたのである。

それを思わず足を止めて見入ってしまった貫多は、

(何んと云うのか……皆それぞれに、いろいろとあるんだなア)

と、しみじみ感じ入りながらも、一方では何かとんでもなく不吉な姿を眺めた気がしたものだったが、成程不採用では、その通りの結果となった。

しかしこれの採不採用を別にしても、彼はもう、何んだかその蕎麦屋にも二度行く気が失せてしまったことは事実である。

そうだ。ついでに云えば、向かいの家の女も、これはまさかに彼のゴミポリ袋の陰からの窃視がバレてのことでもなかろうが、最近は、こと己れのショーツは干し台に掲げることが絶えてなくなっていた。

のみならず、貫多が夜中に銭湯から帰ってきたとき、彼の宿とその家とに通ずる路地の入口のところで、男と接吻なぞ交わす、調子のこきぶりを発揮しているのだ。

これをも少し正確に云えば、路地の入口のところに白い軽自動車が停まっており、通りすがりに何気なく横目で中を見ると、一組の男女が、おそらくは互いの性器を熱くエレクトさせ合い、粘液を滲ませ合いながら、唇を重ね合っていたのである。で、畜生めとの思いのまま、宿のところの曲がり口まで進んだときに後ろを振り返ってみると、その車の助手席から、かのショーツ女が降り立ってきたと云う次第である。

さすがにここでは声には出さず、心中にて、

（薄汚ない経血ブスめが！　虫ケラのくせして青春ぶるない）

と罵倒した貫多は、久しぶりのお湯による心地良さも台無しにされた気分で室に戻ったが、よくよく考えると、別段彼はその女のことは、好きでも何んでもなかったことを思いだす。

自分自身への慊さを嚙みしめつつ、それでまた、貫多は田中英光の世界に救いを求めるのである。


いつしか風がでてきたらしく、雨は横殴りにトタン張りの外壁を打ち始める。

そろそろ三時に近いのか、それとももう四時にもなるものなのか、それを判然とはさせぬまま、仰向けにひっくり返った貫多は、暗闇に慣れた目をぼんやりと天井の一点に据えていた。

その彼は、東京に戻り住む腹を、すでに固めていた。

明日《みょうにち》、目が覚めたら有り金握って都内に入り、また馴染み深い牛込辺で三畳間を探すのだ。

界隈に三畳間がなければ、大塚や駒込付近の四畳半でもいい。

とにかく、自身にとっての人心地を得られる地域で、賃料一万円台の安部屋に潜り込み、取りあえずは再び日雇いの人足稼業で凌ぐのである。

やはり人間、駄目なときには妙な足搔きをするものではない。そもそも、この地に来た動機の〝新規蒔き直し〟なるものも、その決意までは実に上出来だったのだが、しかし所詮、自分のこの持って生まれた稟性と不運ぶりでは、そんなのは理想通りに事を運ぼうとしたところで、そうは容易く出来得ることでもないのだ。

そのきっかけを自ら作り、摑み取ろうなぞ云うのは、結句分不相応の思い上がりと云うべきものなのだ。

考えてみれば彼の場合、その父親の性犯罪による一家の解体も、自らの中卒も今の態《てい》たらくも、いずれも何も望んでそうなったことではない。

自身のことは、すべて自業自得のなせる業とは云い条、しかしそれさえも本来彼の意志とは関係のない、そのときどきの流れによるものなのである。

そうであるなら——これはどこまでも、その後に続く流れに、ただ身を委ねているより他はないのだ。

ジタバタしたところでどうにもならぬことは、今度と云う今度こそ、ハッキリと痛感もしたのである。

陳腐な例えだが、流れているうちにはいつか摑まる枝もあろうし、浮かぶ瀬だってあるだろう、と云うやつだ。

で、そのときになって、実こそ自身の立て直し、新規蒔き直しのきっかけが何によっていたのかが、初めて判るものなのであろう。

二十歳を迎えることの焦りは消えやらぬものの、これもどうで自分の希望による年齢の推移ではない。

ただ、流れるまま進んでゆくより他はないのだ。

——それにしても鬱陶しいのは、俄かに激しさを増してきた外の雨風である。

このまま降り続けるようでは、明日の宿探しの彷徨に、甚だもっての不都合となろう。

スレートの屋根と錆びたトタンの外壁を間断なく叩き続ける、その軽快にもじっとり湿った雨滴の響きに耳を傾けつつ、貫多は明日以降の我が身の行く末よりも、さしあたり直近の不便を案じて、やおら重いため息を一つ吐く。

そしてややあって、もう眠るべく静かに目を瞑るのだった。

あとがき

この一篇は、当初冒頭の百五十枚、第五章までを〈前篇〉として『新潮』誌に載せてもらい、その後紆余曲折あった末、同誌にて終章を書き上げたものだ。

私にとって、初めての長篇と云うことにもなる。

四十七歳にもなって、〝初めての〟もないものだが、しかしこれまでは短篇に重きをおき、少ない枚数に私小説の醍醐味を込める腐心を繰り返していた私に、都合七箇月かけて一作を仕上げると云うのは書くことのそれ自体は、なかなかに楽しいものがあった。

ところで、拙作「落ちぶれて袖に涙のふりかかる」を読んで下すっているかたであれば、或いはお気付きかも知れぬ。

該作には、作中作の題として「疒の歌」と云うのが出てくる。五流の私小説書きの、北町貫多によるところの作である。

実際の私の作と照らし合わせるなら、それは「瘡瘢旅行」なる愚作を模したタイトルなのだが、のちにその〝疒の歌〟との響きが妙に気に入ってしまい、この題名で一篇ものしたい思いが強まってしまった。

私小説である以上、わが身の来歴を換えることはできないが、その分身の苦心（？）の作は、こちらの胸三寸で自由に横取りして書き換えられるのだから、案外に私小説も窮屈な制約ばかりに縛られたものとは限らぬようだ。

但《ただし》、この題名を再使用する以上、私はこれを、自身の駄作群中での一番マシな作に仕上げようとの思いがあった。

イヤ、どの作にもその思いはふとこっているものの、悲しいかな、結果的にはいつも凡打の山である。

私は「落ちぶれて〜」以降を、自身の創作の第二期と考えている。

ほぼ、すべての文芸誌からソッポを向かれ、諦観半分、意地半分でもって、無名作家として書き続ける腹を固め、そして臨んだ四年前のこの作以降、あえて作風も変えている。この点に関しては、当然誰の意見も容れるわけにゆかない。

そして今日まで、小説を書くときは常に「落ちぶれて〜」が、自戒の役をもて私の念頭にあり続けている。

好きな作でも、自信のある作でもない。ただ、書いていたときの背景が背景であっただけに、この作に込めた思いを忘れることができないのである（余談ながら、かの作は拙著『苦役列車』に併録されているが、本来は「落ちぶれて〜」が表題作になる予定だった。私が強くそれを希望したのだ。が、その進行中に「苦役列車」が或る新人賞を受けた為に、急遽入れ換わったと云う経緯がある。で、事程左様に思い入れが深かっただけに、その後の広告で該作を、〝川端賞落選の顚末を描いた〟なる、馬鹿みたいな、余りに表層的に過ぎる見方のコピーで片付けられているのを知ったときは、不遜にも心底ガックリしたものだった）。

果たしてその第二期中の、一寸はマシな作となり得たかどうか——尤もこの期は〝質より量〟に、より一層の比重を置いている、と記しておく。

本書では、カバーに村山槐多のデッサンを使わせて頂けたことが、何んとも有難かった。

はな、私が貫多に〝多〟の字を当てたのは、実こそ村山槐多を意識してのことである。

平成二十六年七月三日

西村賢太

解説

山下敦弘

　そもそも自ら好んで本（活字）を読まない性格の自分が小説の解説を書いていること自体がおかしなことなのだが、映画監督という立場で、読書家でもない自分がこの文章を書いているのには理由がある。それは、西村作品を唯一映画化した監督が自分だけだということだ。芥川賞作品『苦役列車』を通して西村作品の世界に触れ、西村さん自身にも数回会い、さらには誌面上で喧嘩《けんか》（？）までした、というのが自分と西村さんとのざっくりとした関係性である。二〇一二年八月号の「新潮」の対談の中で、自分と西村さんは言い合いになってしまった。最初に喧嘩を吹っかけたのは自分なので、今となっては大人気ないし、ちょっと恥ずかしいとは思うが、あの時の自分は西村さんに対して無性に腹が立っていた。完成した映画について、原作者である西村さんが批判的な意見や態度をとること自体は全然構わない。何に腹が立ったかというと、自分やスタッフ、キャストの前では好意的な反応や態度（西村さん曰《いわ》く〝エチケット〟だそうです）を取っておきながら、後日、自身の日記や取材のなかで映画に対してネチネチと遠回しにディスる、そのしみったれた態度が何とも気分が悪かった。西村さんの発言をまとめると、

「どうしようもなくつまらない映画」

「原作者として名前をつらねるのも不快」

「見る価値はない」

「中途半端で陳腐な青春ムービー」

「康子の役は前田（敦子）さんより、柏木由紀さんにお願いしたかった」

全部の発言を並べると、書いてる自分が凹《へこ》んでしまうんでこの程度にしておくが、今改めて読んでみると、怒りを通り越してなんだか悲しくなってくる。とにかく、当時の自分は直接会ったら絶対にこの怒りをぶつけてやる、というような気持ちで対談に臨んだ。元来、怒りというものにどちらかといえば鈍感なタイプだと思っていたが、あの時だけは我慢ができなかった。

そんな喧嘩から十年が経ち、最近、西村さんをテレビで見ないなぁ、というか正直、西村さん自体を思い返すこともほとんど無くなったある日、西村さんは突然死んでしまった。

そして、この『疒《やまいだれ》の歌』の解説を新潮社から頼まれ、十数年振りに西村さんの本を読んだ。

いやぁ、やっぱり面白い。

駅前の喫茶店で読んでいたが、（うむ。濡れたな……）の部分で声に出して笑ってしまった。タフなローンウルフで、エチケット尊重主義。センシティブな誇り高きスタイリスト。自身の苦痛には人一倍臆病な中卒タフ・ガイ……。

久しぶりの北町貫多との再会に思わず「北町、元気だったか！」と心の中で声を掛けたくなってしまう……、というのはちょっと大袈裟で、冷静に考え直すと、やっぱり近くにいたら超面倒クセー奴だし、適度な距離を保たなければ絶対にいつか衝突するタイプ。父親が性犯罪者で一家は離散。中学を出てからは一人で生きてきたが故に他人との距離感が測れず、自意識過剰でプライドも高く、若さ故に性欲も強い。こうやって書き連ねていくと若干同情の気持ちも過《よぎ》るが、〝自業自得〟がそれを遥かに上回り、ホントどうしようもない奴に思えてくる。貫多のことを自分とは絶対に違うタイプの人間、と思いたいのだが、北町貫多の濃度を百倍くらい薄めて見てみると、十代の頃の自分が透けて見えてくる。やはりどこか無意識で貫多に共感しているのだろう。だから西村さんの本を読むと思わず笑ってしまう。

映画「苦役列車」は原作には無いエピソードで終わっている。原作ではせっかく親しくなった友達と別れ、日雇い人足生活のまま物語が終わるが、映画の北町貫多はひとり部屋に戻って鉛筆を手に取り、原稿用紙に向かって何かを書き出す。映画的なカタルシスが欲しいという製作側の意向もあり、後に小説家になる西村さん自身の姿を重ね、とにかく〝書く〟というシンプルな衝動のみを描いた。しかし映画では何を書きたいかまでは描くことが出来ず、書いている後ろ姿で、実際の西村賢太を観客に想像してもらうという終わり方をした。

『疒の歌』を読み田中英光との出会いのくだりを読んで、映画では描ききれなかった、小説を書き出すその背景と意味がより明確に、切実に伝わってきた。『泥の文学碑』をきっかけに田中英光を知り、その自虐的な私小説が心の支えになっていく。自分も十代の頃、自意識とプライドと性欲のバランスが不安定で、映画にすがり、助けられていた時期が確かにあった。その頃の気持ちや空気感を見事に描いていて、この瞬間の貫多だけは素直に愛おしく思える。『疒の歌』も『苦役列車』も十九歳の貫多が描かれていて、まだギリギリ未成年（現在では十八歳が成人）なせいもあって可愛《かわい》げもあり、どこか許せてしまうキャラクターに見えるところがなんとなくニクイなと思ってしまった。

〝私小説〟という形式なので同一とまでは言わないが、多くの部分で西村さんと貫多は繫がっているはずなのに、実際の西村さんには貫多のような可愛気が微塵《みじん》もない。数回しか会ってないし、年上の西村さんに対して可愛いくないなどと言うのは失礼だけど、そう感じてしまったのだからしょうがない。

小説の終盤、貫多はバイトしている造園会社の忘年会で泥酔し、仲間に悪態をつく。そして、その場から体良く帰されてしまい、その直後、貫多抜きの忘年会に向かう仲間たちとばったり遭遇してしまう。侮辱された貫多は年明けのバイトに行くかどうかを考えるが、負けを認めない誇り高き江戸っ子の貫多は何事もなかったかのように平然と出勤する（後にクビを言い渡される）。

この終盤のくだりを読んでいて、映画公開初日のことを思い出した。

宣伝プロモーションの一環で、「新潮」で対談し、自分と西村さんが言い合いになってしまった、というのは先ほど書いたのだが、誌面上とはいえ喧嘩をして、和解も何もしてない状況で西村さんは初日舞台挨拶《あいさつ》に登壇するのか？　というのが自分と宣伝部での不安要素になっていた。そもそも、頭にきた要因の一つが俳優陣に対するネチネチした嫌味ったらしい罵詈《ばり》雑言《ぞうごん》が許せなかったこともあったので、主要キャストが揃《そろ》って登壇する初日舞台挨拶にどんな顔で西村さんは現れるのか？　もし現れたとしたらいろいろと難癖をつけられたキャストたちも気分が良くないだろうし、だがさすがに誌面上であれだけ揉《も》めてたらさすがに来れないだろうなぁ、などといろんな思考が頭の中を巡り、なんとなくモヤモヤした気分のまま初日を迎える事となった。二〇一二年七月十四日、銀座の東映本社ビルにドレスアップした俳優陣や正装した製作陣が集まっている。自分も普段はあまり着ない襟付きのシャツを羽織り、俳優たちと現場の思い出話などをして舞台挨拶までの時間を過ごしていると、いつもの紙袋をぶら下げてチェックの半袖シャツを着た西村さんがごく当たり前のような顔をしてその場に現れた。完成した映画をこき下ろし、役者たちへの意地クソ悪い発言など、そこにいる全員が知っている。潤沢ではない予算と撮影日数の中、みんなで力を合わせ作ってきたメンバーに紛れ、西村さんはいつものあの笑顔を見せている。その姿を見て〝この人の神経は一体どうなってるんだ……？〟と、正直ちょっとだけ怖いと思ってしまった。

今、冷静にその時の状況を思い返すと、西村さんが書く小説の中のワンシーンのように思えてくる。

（あんな田舎百姓のチビ監督にちょっと噛《か》みつかれたぐらいで、なんで僕が気を使わなきゃいけないんだ、そもそも僕は思ったことを正直に言ったまでのことじゃねえか、何が映画だよ、何が映画監督だよ！　高尚ぶりやがって、このコネクレイジー共めが!!）此奴《こやつ》らに対して気を使い、それで逃亡を図ったとあっては、まるで江戸っ子の名折れになってしまう。またそれは、稀代のスタイリストとしても著しく沽券《こけん》に関わってきてしまうことだし、ローンウルフとしての流儀にも甚だ相応《ふさわ》しからぬものなのだ。

　といった貫多の心境（勝手に書きましたが）があの時の西村さんの心境に重なってくる。

　あの時の西村さんは正しく本物の〝北町貫多〟だったのだと思う。

役者陣と立ち話をしていると、あっちゃん（前田敦子）がマネージャーに呼ばれ、西村さんに挨拶をしている。しばらくして戻って来たあっちゃんはどこか腑《ふ》に落ちない表情で、「西村先生って、いい人なんですかねぇ……？」と自分に質問をしてきた。その時はたぶん上手く答えられず適当な言葉でその場をしのいだが、今だったら「いい人かはわからないけど、あの人が本物の北町貫多だよ」と答えると思う。

後日、宣伝スタッフから聞いた話によると、公開初日の前日、丸の内ＴＯＥＩに掲げられた映画「苦役列車」の看板を写真に収めている西村さんの姿が目撃されている。さっきは西村さんのことを可愛いくないと言ってしまったが、この話を聞いてちょっとだけ可愛いらしいなと思ってしまった。

この初日舞台挨拶の日を最後に西村さんとは会っていない。そして西村さんは死んでしまった。訃報を聞いた時、驚きはしたが正直悲しいとは思わなかった。ただこの文章を書いていて北町貫多も死んでしまったのだなぁと思うと少し寂しい。

今のご時世、表現全般が何かしらのメッセージを含んでいないとダメに思われる傾向があるが、西村さんの残した作品には1ミリもメッセージ性がない。西村さんの作品から何かしらの説教じみたメッセージを受け取る奴は嘘《うそ》つきか偽善者だ（別に受け取る奴がいてもいいが）。しかし、西村さんが田中英光に救われ、藤澤清造を発見したように、いつか西村さんの作品を手に取り、救われる人がいると思う。私小説というジャンルで、自らの恥をさらけだし、身を削りながら書き残した作品はこの先の未来を漂流しながら、多くの者に影響を与え続けるのだろうと思う。それが西村さんの本望ではないにしても。

最後にちょっと自分の話。

公開前に、とあるブックカフェで映画「苦役列車」公開記念トークショーというものに参加した。トークの司会は確か宇野常寛さんがしてくれたと思うが、その時、自分は例の「新潮」の一件もあったせいで、とにかく西村さんがどういう人間か、いかに自分がムカついているか、映画の話そっちのけで喋《しゃべ》り倒してしまった。散々、西村さんへの愚痴をこぼし、トークイベントも終わりかけの頃、宇野さんがボソッと自分にこう言ってきた。

「っていうか、山下さん西村さんのこと好きですよね」

その時、自分が宇野さんに何て返答したか全く覚えていないが、顔が真っ赤になってしまったことだけは覚えている。

西村さん、映画「苦役列車」を作らせていただき、ありがとうございました。

さようなら。

（令和四年四月、映画監督）

この作品は二〇一四年七月新潮社より刊行された。

疒《やまいだれ》の歌《うた》

新潮文庫 に－23－8

令和四年六月一日発行

著者 西《にし》村《むら》賢《けん》太《た》

発行者 佐藤隆信

発行所 株式会社 新潮社

郵便番号 一六二―八七一一
東京都新宿区矢来町七一
電話 編集部(〇三)三二六六―五四四〇
読者係(〇三)三二六六―五一一一
https://www.shinchosha.co.jp

価格はカバーに表示してあります。

乱丁・落丁本は、ご面倒ですが小社読者係宛ご送付ください。送料小社負担にてお取替えいたします。

印刷・大日本印刷株式会社 製本・加藤製本株式会社

ISBN978-4-10-131288-0 C0193